印象·阅读

Impression·Reading

武歆 著

重庆出版集团 重庆出版社

图书在版编目(CIP)数据

印象·阅读 / 武歆著. —重庆: 重庆出版社, 2023.2
ISBN 978-7-229-17285-5

Ⅰ.①印… Ⅱ.①武… Ⅲ.①随笔—作品集—中国—当代 Ⅳ.①I267.1

中国版本图书馆CIP数据核字(2022)第237704号

印象·阅读
YINXIANG·YUEDU
武 歆 著

责任编辑:袁　宁
责任校对:杨　媚
装帧设计:刘沂鑫

 重庆出版集团
　　　　重庆出版社 出版

重庆市南岸区南滨路162号1幢　邮政编码:400061　http://www.cqph.com
重庆出版社艺术设计有限公司制版
重庆市国丰印务有限责任公司印刷
重庆出版集团图书发行有限公司发行
E-MAIL:fxchu@cqph.com　邮购电话:023-61520646
全国新华书店经销

开本:890mm×1240mm　1/32　印张:8.25　字数:150千
2023年2月第1版　2023年2月第1次印刷
ISBN 978-7-229-17285-5

定价:52.00元

如有印装质量问题,请向本集团图书发行有限公司调换:023-61520678

版权所有　侵权必究

目 录

002/ 张楚以及诸多话题

013/ 张莉二三事

031/ 《六人晚餐》之前的鲁敏

045/ 戴来，戴来

057/ 阅读者徐则臣

071/ 写随笔的梁鸿

084/ 郭艳郭老师

096/ 乔叶，或温和或凌厉

109/ 应该去认识弋舟

122/ 贴地而飞的朱山坡

135/ 写《陌上》的付秀莹

146/ "走出"高校的曹霞

157/ 慢慢的黄咏梅

171/ 信河街上的哲贵

184/ 吉安吉水人江子

196/ "挣脱开王小波"后的房伟

209/ 周晓枫,把丝绸舞成飞刀

221/ 在蒲松龄身边如何写作,说说宗利华

230/ 李舫散文:既辽阔深远,又精致细腻

244/ 朱文颖的小说会变成版画

254/ 后记

张楚
以及诸多话题

张楚以及诸多话题

1

想到张楚的时候，我首先想到郑珍。

郑珍，也叫郑子尹，一位出生于嘉庆十一年、偏隅西南边陲的读书人，这位自署"子午山孩"的贵州人，满腹经纶却又不事声张，一生都在寂寞地读书，安静地写作。有一本介绍郑珍的书，叫《子午山孩》，前年夏季我看了一遍，后便放在床头边上，每次翻看，总会长久感慨。

进入 2015 年，我在阅读《小说月报》上张楚的一篇小说时，极为自然地想到了郑子尹。把张楚与郑珍相比，我觉得并不突兀，一个在遥远的大西南的贵州，一个在去省城石家庄需要九个小时路程的滦南，两个人无论从地理位置的偏僻、交通不太便捷上近似之外，还有性格上的接近。至于二人相隔了二百年，那又怎样？

我与张楚本不熟悉，要不是今年年初中国作协在天津有一个"京津冀"的文学活动，我与他朝夕相处三天，其实之前我与他仅见过两次面。第一次是2011年第八届全国作代会。因为地域缘故，天津代表团和河北代表团座位相邻，我座位的侧后方是张楚，当时他和坐在我左前方的北京代表团的刘震云合影，请我帮忙照相，后又与我互留电话，然后声音不大地对我说"武哥，谢谢你"。第二次和张楚见面，是去年八月份，中国作协召开"关于核心价值观"座谈会，恰好也是北京国际图书博览会召开期间，因为河北省是"图博会"中国作家馆主宾省，所以很多河北作家云集北京。那天开完会，我转身走时，正好看见张楚，我向他祝贺获得"鲁奖"，他红着脸，没有接我祝贺的话题，依旧低声说"武哥，我手机里有你的电话"。这是我与张楚两次见面的"现场实录"，只有几分钟，也没有说上几句话，但这并不妨碍我对他以及他小说的喜爱，也不妨碍我在心里早就把这个说话声音不大的人视为朋友，就像遥远的二百年前的郑珍，对他"展诵四五卷，炉火余温靡，缓步肆闲散，披衣坐篱根，不觉花上露，盈盈浩已繁"的寂寞山中读书生活的向往与尊崇。

就像郑珍的诗文曾经感动、击穿我一样,"来自遥远的滦南"的张楚,在2015年不再寒冷、缺少白雪的冬季,通过一篇小说《野草在歌唱》,同样把我彻底洞穿。那天我抑制不住内心的疼痛、感伤,给天津的批评家黄桂元、张莉,还有《小说月报》执行主编徐晨亮分别发去了"颠三倒四"的短信,我想事后他们一定以为我中了魔,我竟然说了那么多"不着边际"的沉郁伤感的话语,通过声音他们也能想象出来我当时颓丧疲惫的样子。

为一篇小说感伤、流泪,可以追溯到我青年时代的阅读。1980年某一天的中午,我倚着车间里的绿色铁皮工具箱,坐在一条木板长凳上,穿着一件油渍麻花的工作服,在看完《红与黑》最后一页时,把包着书皮、已经卷了边的书,拥抱在我的胸口上,我能感到双肩在抖动,泪水哗哗哗流……很多年都没有这样的阅读情境了。那个法国底层青年于连也是"野草",但与张楚小说里的"野草"——"我",却有着截然相反的人生"手段",他们都在幻想成为大树的征途上使尽了自己的力气,但于连用了"夫人"这个武器,而张楚则是手持"文学"这根藤杖。我分不清《红与黑》中的于连和《野草在歌唱》中的"我",他们到底是文学中的人,还是生活中的人?将小说里的人与生活中的人完全混淆,这足以证明一部小说的成功,许多喜爱读书的人都曾有过这样的"病症"。用文学评论家、在文学圈内被众多作家昵称"老孟"的孟繁华的话说,"张楚是一个写短篇小说的圣手"。确实如此,《野草在歌唱》冲破了所有语言的桎梏,所有的小说技艺已经后退,后退到了接近消失的程度,完全变成了人间的真情实感——就仿佛深夜里倾听肖斯塔科维奇的乐曲,哪里会想到这是个随时有可能被克格勃带走的人——这是一篇许多年不曾遇见的撕心裂肺的情感真挚的作品,张楚在不动声色的阔大隐忍的讲述中,让阅读者始终无法走出他用真情实感营造的动人情境。

2

张楚的小说曾被铁凝、苏童、阿来等人高声赞誉,他为人处世的态度同样得到礼赞,有才华、有性情却又谦逊、平实、礼貌,接触时间长了,让人感到很舒服。年纪不大,却是一个活"明白"的作家。一个作家是否"明白"生活原理,与年龄没有关系,许多一把年纪、写过所谓"有影响作品"

的人，其实还在糊涂之中，他们待人处世傲慢无礼、自以为是，像那脚踩风火轮的哪吒，总是喜欢飞在人们的头顶上；那些自以为是的人，无论有没有正当理由，去外地开什么会，总要晚来一两天，然后再提前离开一两天，在会议期间还要搞出各种名堂，似乎只有给主办单位找麻烦，才能显示出来自己"才高八斗"，技高一筹。我相信十几年以后乃至几十年以后的张楚，即使名震海外，也不会成为那种人。因为张楚喜爱左拉的《小酒馆》，他自己也喜欢在小酒馆喝酒，并且"越来越喜欢自己变得丑陋平庸，被这世俗的庸常生活感动"；另外在这部带有自传体意味的《野草在歌唱》小说里，我看到了张楚柔软、爱怜的内心，作品中的"我"（我认定就是张楚，后来张楚坦诚表明写的就是自己）——那个爱好文学、酷爱写作的税务所的小干部——在二十世纪九十年代河北滦南一个叫"倴城"的小城里，在改变自己命运、追求明亮生活的狭窄逼仄的生活空间里，与那么多热爱生活、爱好文学的人之间的感人交往。无论是那个喜欢酒后表演魔术的税务所副所长，还是到处寻找"交谈对手"的热爱文学的L，亦或是那个开着广告公司、说出"诗人就是上帝的舌头"的留着小胡子的老周……在倴城这个"小地方"，"我"仿佛就是那个哈代《苔丝》笔下的乡下小贩德比，这一群可亲可爱的"县城小人物"，是那样动人心魄、真诚无比，所以我丝毫不怀疑张楚的"小说基因"，在那样有温度有情感的生活氛围里，低矮、柔弱的野草茁壮成长，即使变成另外一种植物，也不会发生恐怖的变异，不会改变的，只能变成拥有"野草基因"但又拥有生命高度的"钻天杨"。

一个小说家，通常都有两个出发地，一个来自肉身，一个来自精神。滦南小城里普通人的真诚和善良，构筑了张楚的精神高地。张楚敢于将自己的命运放到文学作品里展览、抒写，如此胆量，首先需要的就是内心的真诚。

在阅读《野草在歌唱》的那个阳光灿烂的下午，我感慨激动的心情难以平复，忍不住给张楚发去短信，我说这部小说是我近几年读到的最为感情真挚的小说，好作品的标准，就是读罢之后总想遥望远方。张楚坦诚地告诉我，《野草在歌唱》写完后，他心里也很难受，因为都是真实的往事。他坦言当时痛彻心扉，尽管现在有些麻木，但唯一不变的是人的灵魂里对美与善的固守。张楚把那么多"野草样的小人物"的内心抒发得淋漓尽致、感人至深，这个喝酒频率比说话频率要快上好几倍的面容羞涩的人，将那个滦南小城描述得那样令人向往，就像郑珍诗句后面的贵州山乡。

我也见过不少成名之后的年轻作家，与成名之前判若两人，他们语言和肢体动作变得舒展，变得行云流水，少了过去可爱的拘谨，他们开始喜欢大庭广众之下以自我为中心，谈话主题也不再顾及别人，随意将话题按照自己意志转移。张楚不，依旧那样腼腆，依旧说话低声，他喜欢倾听，很少打断别人的话题，从不另立话题山头。能喝酒但不借酒闹事、借酒伤人。

张楚在一篇文章里，这样描述自己："我本质上是个胆怯的人，跟仰慕的前辈或个性张扬的人相处，总会无端地紧张"。我从心底喜欢在众人面前讲话时稍微有点紧张的人，那种紧张也是一种谦逊，带有一种顾及别人感觉的心理。

与张楚在天津相处的那三天里，有天晚上我、他还有荆永鸣谈兴颇浓，于是喝酒聊天直到半夜。因为那会儿我正在写作这篇文章，所以我总是情不自禁地说到"张楚"，可我只要说到"张楚"，张楚就会巧妙地把话题移开。酒醒后想起来这个微妙的细节，让我对他更是增添好感。

张楚在一篇读书笔记里说，早年他喜欢杜鲁门·卡波蒂，但因为这个美国作家在生活中极度自恋、自以为是，他就把卡波蒂的《别的房间，别的声音》和《蒂凡尼的早餐》随手扔在一边，可见张楚也是"有脾气"的，而且"爱憎分明"。

3

把自己的真实经历以及真实的历史事件放进小说里，以此作为小说主角或是作为小说背景，不仅需要写作者的真诚，还需要写作者的胆量。因为"真实"这个坐标一旦界定，会让叙述空间变得狭窄、局促，继而叙述变得更加艰难，因为接下来故事进程，不仅需要对历史高度的审视还兼有小说家谋篇布局的精准掌控。跟张楚有如此"爱好"的作家，如美国作家唐·德里罗，他就是把众所周知的肯尼迪遇刺案放进小说里，写成了长篇小说《天秤星座》，这就犹如张楚，把真实的"我"当作小说的"河床"，敢于让故事的波浪"在我的身上翻滚起伏"。还比如俄罗斯当代作家沙波夫，他的小说《返回埃及》也是如此谋篇布局，只不过沙波夫更"胆大妄为"，他把俄罗斯作家果戈理"搬"出来，虚构了与果戈理有亲缘关系的一个家庭在20世纪的悲欢离合，并且还让小说里的人物续写《死魂灵》。

面对张楚，我除了想到郑珍，还因为他的作品，想到国外作家的作品,比如在读张楚《七根孔雀羽毛》时,我会想到凯鲁亚克《在路上》里的人物,还会想到那个著名的"小镇作家"舍伍德·安德森笔下的"小城畸人",但是凯鲁亚克和舍伍德·安德森只是倏忽闪过,他们与张楚只是形式上的近似,最后……我结结实实想到的是斯蒂芬·金。

我觉得张楚和斯蒂芬·金的作品,有一种内在的相似性。金在谈到自己写作欲望时说"要让小说有人身攻击的效果,应该让你难受,惊到你、吓到你";金还说"我写的东西好像镜子上的一道裂痕"。许多读者认为金的小说引人入胜,是以"情节取胜的",其实不然,金的作品能够震撼读者的,还是心灵上的"那道裂痕",无论张楚的《野草在歌唱》,还是较早的《夏朗的望远镜》,以及广受好评的《野象小姐》,都能"让你难受",都被"惊到、吓到",而且这些效果都是来自"镜子上的那道裂痕"。他们的小说有压迫感和紧张感,这种紧张和压迫并非仅仅来自情节,而且来自小说人物精神走向的飘忽不定。

张楚的小说创作具备了"点草成林"的功力。能够"点草成林"的作家,首先自身要具备草的品质,要有草的韧性、朴实、谦逊,只有具备这样的品质,才能在成为树林之后依旧保持草的可爱,才能真正让人在阔大的树林中"流连忘返"。我不喜欢饶舌的人,喜欢平实、谦虚、和善的人,这样的人再加上才华着实令人尊敬。优秀的品质以及是否令人尊敬,与地位高低、社会成就、年龄大小、头发是否花白、步履是否蹒跚无关,不要以为人家弯下身子搀扶你走路,你就认为自己是令人尊敬的人,那只不过是中国传统礼教中"尊老爱幼"的一种肢体表现,并不代表人家内心尊敬你——我似乎还有许多话要讲,但这是一篇写张楚的文章,写这样一个柔和的人,我怎么总是想到许多不柔和的现象?不再找原因了,别给他找麻烦了。

我特别想到一个叫"倴城"的地方,这个地方我从来没有听说过,但肯定是在滦南,不知道这个地方是张楚小说中的地名,还是真实存在的地方。我不想查找地图,也不想四处打听,只想在某个黄昏时分给张楚打电话,告诉他,"我想去倴城找你喝酒"。要喝啤酒,这个可爱的倴城人很少喝白酒。

(写于2015年2月)

张莉二三事

张莉二三事

1

一个批评家应是怎样的模样？一个大学里的教授批评家应是怎样的模样？一个"70后"的大学里的女教授批评家应是怎样的模样？在认识张莉之前，我从来没想过这样繁复的问题，但是张莉的出现，让我想到了批评家前面的这些定语，而且拥有如此之多定语的批评家模样，忽然变得清晰而又具体——所以讲述张莉、讲述张莉的批评文章，需要讲述者拥有耐心，需要层层递进，否则容易迷乱，找不到讲述的路径。

我认识的"70后"批评家不多，思来想去，感觉张莉是我认识的"70后"批评家当中最会聊天的人。我知道，我没有使用"之一",这肯定会给张莉带来一点小麻烦。好在只是界限在"聊天"上,具有较强的闲适状态,给张莉带来的麻烦不大,即使有麻烦,大概也只是小麻烦吧。

这篇文章标题已经改过几遍了,最初是"像张莉那样去对话",思虑再三,将"对话"改为"聊天",如此修改是为了显得文学女博士张莉平易近人,更加"家长里短",但犹豫之后又改为"给张莉找点小麻烦",可是改完之后,还是觉得不确切,最后就是"张莉二三事"吧,可能包含的内容更多一些。

如此反复地修改标题,目的简单,就是想给她找点"小麻烦"。风平浪静有什么意思?给当下异常火爆的张莉找点麻烦,是一件有意思的事,犹如站在大海边,只有看到波涛起伏、巨浪腾飞才能看到海的气势,否则干吗要去看大海?

2

最近三四年,张莉像是天外来客,或犹如一夜春风来,"张莉牌"梨花开满大陆的各大文学杂志、理论刊物,恕我孤陋寡闻,应该还有港澳台地区的刊物,她的评论、理论、对话、研究等诸多形式的文章,像是提前埋置好了炸点,故意要集中爆炸，一时间到处都是"砰砰"炸响声，礼花飞溅之处，站着宠辱不惊的微笑的张莉。

我喜欢读张莉的文章，不摆高深的架势，没有居高临下的姿态，娓娓道来，貌似温和的文字却又内含"杀机"。哦，想起来了，先讲一讲我是怎么认识的张莉，这很重要，是给她"找麻烦"的前提。我和张莉认识特别偶然，不是在研讨会上，不是在大学校园里，不是在发奖大会上，也不是在什么文学沙龙之类的场所。

大约几年前，天津作协开会，开的什么会我忘了，在会上我们没说话。会后赶巧我和张莉一起搭便车回家，在车上我们相识了，这才知道我和她住在邻近小区，两个小区大门面对面相望，原来已经邻居多年。

张莉是一个非常讲礼貌的人，她是天津师范大学的教授，面对的都是学生，耳朵里听到的都是"张老师、张老师"的亲切呼唤，我以为她是习惯被人称作老师的那种人，但她给人第一感觉是低调、平实、谦虚，虽然隐约有一点不易被察觉的傲气，但那种傲气不让人生厌，能让大多数人平静接受。一般情况下，张莉遇见比她年龄大的人，她会很自然地称呼对方老师，叫得我这个三十多年前"职大"毕业的人不好意思，但也有点小小的虚荣和舒心。自从那次相识以后，再也没见过张莉，似乎忘了她，大概她也忘了我。

也就是一年或两年以后，我开始在报刊上见到张莉的文章，越来越多，完全可以用"雨后春笋"或是"目不暇接"等挂在嘴边上的成语来形容。我还四处打听，这个张莉是天津那个张莉吗？得到肯定答复后，便逐渐知道了她的一些情况，原来她是河北保定人，原来她是现代文学馆首批聘任的客座教授，但也只是"见文没见人"。那时我在天津作协专业创作，不去上班，每日拥有大把的时间，要是不去外地参加活动，我经常在居住地一带四处游荡，要是戴个墨镜、留个分头、叼个烟卷，大概就属于那种游手好闲的闲汉。我就是那么清晨、午后、傍晚地闲逛，也始终没见过这位"70后"女邻居。

3

大概去年盛夏的一天，晚饭后我照例在小区体育锻炼，所谓锻炼就是闲逛，就像长着兔子腿的驴一样，围着小区的中心花坛一圈一圈地快走。突然有人喊我，凑近一看，原来是张莉。虽然盛夏，但她全副武装，穿着带头套的上衣，捂得严严实实，我当然明白她全副武装的用意，只是那时还不太熟悉，没好意思开玩笑，于是我们边走边聊。我越走越快，几圈下来，把张莉累得气喘吁吁，于是站下来开始聊天，聊熟悉的作家、聊各自的读书、聊当下的文坛。盛夏之夜蚊子太多，我们一边说话一边挥舞手臂驱赶蚊子，一直挥舞到胳膊累了，才中断聊天——就这样与张莉熟悉起来。那会儿我已经感觉出来，张莉是一个会聊天的人，我想这可能与她整日与学生相处有关吧。

过去看张莉的文章，没有特意寻找，都是撞上来的，比如《文艺报》上的，比如《北青报》上的，比如《中国现代文学研究》上的，比如《文艺争鸣》或是《当代文坛》等国内各种评论杂志上的……那时候想不看都不成，你根本躲不过去，躲过去不看就会成为一次阅读缺陷，就像一个馋嘴的孩子假装看不见糖果那样不现实、说假话。后来我又看了她书写的关于"'70后'作家"巡礼式的评论文章，大都是整版的或是半版的，感觉她的批评没有花架子，没有绕口的词汇，与被评论对象平等对谈，充满真诚，而且把艰深的理论变得日常化，不像有的评论家，故意把简单的话语变成谁也看不明白的"高深的理论"。

张莉身为"70后"批评家,属于"夹心"一代。在当下中国批评界,前有许多声名显赫并且老骥伏枥、志在千里的著名评论家,后有开始崛起的不可小觑的"80后"批评家,身在夹层一代的"70后"批评家,尤其是像张莉这样出身大学校园的女性批评家,批评姿态大多显得较为温柔、娴静,犹如他们日常生活中为人处世一样,有着同样的谦逊、低调、平和,丝毫没有张牙舞爪的样子。

比如张莉在2010年第1期《扬子江评论》上,发表了一篇论述"70后"小说家的文章,名为《在逃脱处落网》,她在这篇文章里论述魏微、戴来、金仁顺为代表的"70后"女作家时,语调中充满了"温和之美",即使有几句批评之语也是和风细雨,看不出来是批评,更像是姐妹之间的温情建议。"想当年,她们曾经给予我们陌生的'新鲜',她们沿着60年代出身作家那逃离政治意识形态的写作轨迹前行,而十多年后,在个人化写作泛滥的今天,她们,以及和她们一起成长起来的一批同龄作家们并没有开辟出来另一条路,给予我们强有力的冲击"。同样在这篇文章里,张莉还说"与'80后'作家相比,'70后'小说家温柔敦厚,他们对生活充满着温情,即使面对令人齿冷的黑暗,他们也愿意为那'新坟'上添上一个花环,他们对人性与生活永远有着同情的理解"。

作为"70后"批评家,张莉有着与二十世纪七十年代作家们一样的性格特点和写作风格。这种风格是我喜欢的,平心静气地说话,不慌不忙地处世,但也都把话说到了、点到了,没有语言大棒带来的狰狞和恐惧。就像张莉比较"60后"作家和"70后"作家时说的那样,"'60后'作家尖锐而咄咄逼人,而'70后'作家富有宽容度和富有弹性,他们与社会和世界的关系是善意的、和解的,即使和另外一个半球上的同龄人相比,他们依然应该说具有仁爱和温和的美德"。

张莉清晰地看清了"70后"作家的写作,其实也映照了作为"70后"批评家的自己。显然,张莉就是这样"以少年往事对抗着日益稀薄的当下人情事理"的批评家。因此她的批评也是"仁爱和温和"的,没有太多的火药气味。

作为一个批评家,如此"仁爱和温和",通过建议来代替批评,是好是坏?我不敢妄下评断,但我仔细阅读张莉的评论专著《魅力所在》时,还是看到了张莉"温柔的凌厉",譬如她在论述知识分子责任时,旗帜鲜明地阐明自己观点"现代写作者不仅要做蝴蝶,还要做牛虻",并且拉响了警报"当代文学逐渐卸载社会意义的过程,也是知识分子在公众领域逐步消失的过程，90年代初以来，像鲁迅那样的'有机知识分子'在这个社会中完全消失，批评家和学者都退守到了校园"，由此可以看出，"仁爱和温和"的张莉也是有牙齿的。

很少露出牙齿的张莉，只是没有遇到适合的"猎物"，遇到适合的"猎物"，她也会变得狰狞起来，比如对优秀小说家陈希我的批评。大约去年夏季，我听说张莉在"陈希我作品研讨会"上亮出了牙齿。她不留情面地批评了陈希我的"残酷书写"。大意是，当你的小说不再以对封闭生活的场景里描摹取胜或不再进行极端书写时，那样的小说是否还能打上"陈希我"的标签，是否还能具备散发"陈希我"个人气息的小说？张莉对此表示极大的怀疑，并且以"自责"的口吻批评道："我觉得自己过于苛责，难道是自己阅读趣味肤浅，已经落伍了？"

据说在那次研讨会上，批评者和被批评者之间"你有来言、我有去语"。"我痛故我在"的陈希我当即回应说，我知道你说得很对，但是我不能改，我要是改了，那就不是我的小说了；张莉则毫不退让，继续"进攻"，"扬言"说，你可以不改，但我还是要说。

我没有在现场，只是大致听说他们之间的"来言去语"。

由此可以看出，作为批评家的张莉可以一贯地温柔，但不知道她会在什么时候勇猛地站出来，把看到的问题讲出来。据讲研讨会结束以后，陈希我与张莉依旧友好相处，至今还是欢喜的"小伙伴"，他们都是敢于讲真话的人。

4

说到张莉的理论批评，不能不讲 2015 年 1 月出版的一本对话集——与毕飞宇的对话录《牙齿是检验真理的第二标准》（以下简称《牙齿》），不说这本书似乎不能体现当下张莉的评论状态，而且也不能对应这篇文章的最初标题之一"像张莉那样去对话"。

以对话的方式阐述某种文学观念和或看法，并非张、毕首创。譬如朱光潜先生翻译柏拉图的理论专著《文艺对话集》，就是文艺批评的一种形式——对话。这种形式也称为"直接叙述"。柏拉图的全部哲学著作，除去《苏格拉底的辩护》之外，都是用对话体写成，这样的评论方式更能直接表达作者的观点，不用"起承转合"，而且直抵"要害"。

但《牙齿》这部对话集，与柏拉图《文艺对话集》稍有不同，它还有另外一种"功能"——通过对话方式完整介绍毕飞宇的成长环境、工作经历、读书心得还有文学创作等方面，对话天平稍微有些倾斜。后来得知，这是出版社提议做的书，也是毕飞宇主动邀请张莉来做的，就像张莉在后记讲的那样，以"家常、朴素、鲜活"的姿态来阐述文学观念和主张，而且主要是作家的观念和主张。

让一个颇有性格特点的著名作家拥有对话的兴趣，并且主动邀请，更加显示出来张莉"聊天"的本领——尽管毕飞宇不喜欢"聊天"这个词汇，喜欢稍显庄重意味的"对话"，但我始终认为，二者之间有紧密的联系，互相依托的关系，假如没有"聊天"的兴趣作为前提，怎么能去庄重地"对话"呢？而且毕飞宇在兴致浓厚地"对话"进行之时，也在不断表明"聊天嘛，我们就是聊天"，显然他还是承认"对话"在许多时候约等于"聊天"。

我领教过张莉"聊天"本领，有一次在我们两个小区相邻的一家咖啡厅交接有关书籍，不知不觉聊了三个半小时。与她聊天不累、不枯燥，相反还能激发想象力，在她不紧不慢的语速中，你会毫无知觉地"袒露心声"或是"亮出心中的底牌"，似乎她语言中渗透着某种麻醉药物。我觉得毕飞宇真是一个聪明人，因为聊天对象很重要，只有找对了聊天者，才能激发"对话"智慧，才能激荡思想、智慧之花。

张莉与毕飞宇的对话，并非仅是简单提出问题，也并非像《歌德谈话录》的作者爱克曼那样"辑录"对方观点，而是真的"动刀弄枪"，在真正的思想对拼中，使得毕飞宇真诚地"表达作家的观念和主张"。

张莉跟毕飞宇对话之前，她已经跟毕飞宇作品进行过无数次"对话"。也就是说，张莉早就"跟踪"毕飞宇多年了。从2008年开始，张莉就紧紧地"盯"住了推出了无数优秀作品的毕飞宇，从《雨天的棉花糖》《是谁在深夜里说话》，到后来广为人知的《玉米》《玉秀》《玉秧》，以及《平原》和获得"茅奖"的《推拿》，张莉写下了许许多多评论文章，所以才有了2015年这颗广为人知的"牙齿"。

5

其实，张莉并非总是"聊天"、总是"对话"，她还在认真地做学问。多年来，她一直安静地研究孙犁作品。在我看到她关于孙犁的两篇文章中，充分显示了她对研究对象孙犁的向往和独特，但是两篇文章作为比较，我对她那篇荣获"唐弢青年文学研究奖"的《作为文学批评家的孙犁》的文章,倒是不太感兴趣,尽管这篇带有"挽歌式"的理论之作,有着随笔式散文化的风格还是获奖之作,我还是认为显得"规矩、板正、拘谨",似乎没有完整体现她的批评风格,相反倒是那篇发表于 2013 年 3 期《南方文坛》的《晚年孙犁:追步最好的读书人》,倒是很有看头,令人回味。

在那篇文章中,张莉从"疾病者"和"嗜古籍者"两个独特视角入手,去探讨晚年孙犁的人生状态和创作心态,感觉特别拥有新意,特别是张莉讲了一件孙犁在"文革"后期发生的一件事——孙犁让孩子给生活在同城一位老作家送去他非常珍爱的一套古籍,没想到不长时间,那位作家就把古籍原封不动送了回来,并且传话说"你自己保留吧"——我读到这里的时候,泪水夺眶而出,我相信这件事对嗜书如命的孙犁是一次致命打击,对方用行动与他划清界限、分清立场,"你自己保留吧"这句话,每个字都是对内心脆弱的孙犁尊严的凌辱,甚至对晚年孙犁的文学创作都是致命的一击。张莉通过这样一件事,对晚年孙犁面对外界的主动孤独,做了"窥一斑而见全豹"的非常具象的注释。

写作理论文章动用生活细节,像作家一样通过细节表现人物的创作姿态、表现作家的内心世界情感,不单纯停留在理论阐释上,这是张莉有别于其他评论家的独特之处。当然,她不仅关注被评论者的生活细节和创作习惯,她自己也关注细节,在这篇不到一万字的文章里,竟有来自50篇文章的索引,而且规规矩矩地罗列在自己的文章后面,做了详细标注。如此精雕细刻,可以看出评论家张莉是一个严谨的人。正如她跟毕飞宇聊天、对话,之前做了那么多的功课,有那么多对话前的铺垫工作,所以那颗"牙齿"才能引人注目。

张莉的批评有着自己独特的批评坐标。那天和她聊天时,我问她如何界定自己的"批评温度",她没有站在批评家立场,而是站在作家角度,当即引用纳博科夫的话"在那无路可循的山坡上攀援的是艺术大师,只是他登上山顶,当风而立。你猜他在那里遇见了谁?是气喘吁吁却又兴高采烈的读者。两人自然而然拥抱起来了。如果这本书永垂不朽,他们就永不分离"。

张莉认为一个优秀批评家的批评,要使人重新认识一个好作家,那样才会打开我们重新理解人与世界的视角——原来从这里认识,人是这样的,原来从这里看,世界也可以是这样理解的。

我明白了,张莉在评论作家作品时,就是有着如此的

"心理活动",有着如此的批评视角,并没有完全站在批评家自己的主观立场上,而是站在被评论者的角度上。

在北方城市,身材属于"娇小玲珑"的张莉,当然懂得"登高而招,臂非加长也"的朴素哲理,她加长的"手臂"就是宽阔的批评视角和评判问题的视野辽远以及作家的心灵、心路。

6

张莉在她的评论集《魅力所在》中,引用张承志发表的《选择什么文学即选择什么前途》一文,通过张承志列举1956年石原慎太郎的作品《太阳的季节》获得日本最高文学奖芥川奖一事以及石原逐渐走向右翼之路,导致当年日本评委发出检讨之声"一个民族如何选择文学,就会如何选择前途"来表达她的主张和观念,并由此追溯到1944年的沈从文,当年沈从文也曾经从写作者角度表达了作家对写作"去社会化"的担忧,认为关注社会与民生,是作家之"良心"。随后张莉在两次引用上述观点之后,更加明确表达了自己的批评观点——优秀的作品,应该给一个黑夜中孤独的个人以精神意义上的还乡,让我们感到作为个人的自己与公共社会的血肉关联。这也从一个侧面显示了张莉的批评立场。

张莉在严肃的"批评语境"中还时常带有浪漫的情怀，她经常用散文诗一样的写作手法"装饰"她严肃的批评，比如发表在2011年第5期《人民文学》上评论萧红的《刹那萧红，永在人间》一文中，她在写完"萧红与世界抗辩的模样令人着迷，可惜，她再也没有机会了，1942年1月，31岁的她被死亡裹挟而去"这句话后，可能有的批评家就此结束了，权作一个意味深长的结尾。但张莉不，她突然令人"陌生"起来，变得"散文"起来，她"千回百转"地接着"评论"说，"然而，那座被命名为呼兰河的北方小城却神奇地从黑暗中挣脱而出：蛙鸣震碎每个人的寂寞，蚊虫骚扰着不能停息；蝴蝶和蜻蜓翩翩飞舞在泼辣的花朵上；花朵从来不浇水，任着风吹太阳晒，越开越红，越开越旺盛；隔壁的冯二成子和王寡妇结了婚，百感交集，彼此对着哭了一遍；女子们早晨起来打扮好，约了东家姐姐、西家妹妹去逛庙了；戏台上出来一个穿红的，进去一个穿绿的，台下的人们笑语连天，闹得比锣鼓还响……命运剥夺了萧红的生命权，她用别一种方式返回人间"。

评论家哪有这样"评论"的？可是……可是张莉这样做

了，回味起来，效果很好。不是吗？真的很好。

　　张莉是个温和的女性，大气、疏朗，从没看她有过张牙舞爪、满脸愤怒的时候，我想这也与她幸福生活有关。她在评论专著《姐妹镜像》后记里写下了自己平静的生活状态，写了丈夫和儿子的名字，写了家庭生活的温馨场景，我第一次看见女作家写下如此生活化的后记；另外她还在自己简历里，非常自然地公布了自己的出生年月。放眼当下文坛，女性作家公布自己年龄，似乎很少、很少，即使公布，也总是很扭捏地说个大致时间段落。这些微小的生活细节，显示了张莉的生活，她处于一个所谓的"庸常"生活状态，同时这也让我明白了她眼睛里所呈现出来的安静状态的根源——"庸常生活"，其实是一种别样的自信。

　　因为总是抱着要给张莉"找麻烦"的心理，所以我总是在寻找机会，总在伺机而动。

　　最近这段时间写张莉，所以我家的沙发上，她的几本书摆在最上面，里面夹了无数张小纸条，每天都在翻来覆去读。那日诗人杨炼去北京参加北京诗歌网站的评奖活动，在天津小住一日，晚上我们照例喝酒畅谈到深夜。杨炼看张莉的书，我向他做介绍并准备为他们搭桥，也能有一场关于写作的对话。张莉与作家对过话,与导演对过话,还应该跟诗人对话吧?我想把这件事促成。那天电话里跟张莉讲了,她着急地说不懂诗,哪敢去跟诗人对话,为此她坚决不干,我却一再坚持,并且自作主张,那天晚上已经跟杨炼老兄打了招呼,至于此场对话什么时候开始,那就看他们的文学缘分吧。

说了这么多关于张莉并非批评话题的事,目的很简单,是想让大家了解"文学职场"之外的女批评家的模样,另外还想给张莉找点小麻烦,讲了她那么多没有"之一"的赞美。

我始终认为,她是一个有能力处理"西瓜问题"的人,当然不把"芝麻问题"放在眼里,让她私下里去和小伙伴们解释去吧。况且我是她的邻居,邻居嘛,总会"熟不讲理"。

(写于 2015 年 3 月)

《六人晚餐》之前的
鲁敏

《六人晚餐》之前的鲁敏

1

对我而言，鲁敏是陌生但又熟悉的朋友。

说陌生是因为我与她只见过两次面。第一次是 2007 年，《小说选刊》在沈阳举办一个文学活动，那是我第一次见到鲁敏。那天晚上我十点多钟才报到，随即便与众人分乘几辆出租车去看夜色沈阳。好像是在一条不宽的小河边，我见到了月光下、水波旁身穿深色衣服的鲁敏。她给我的第一印象，说话语速极快且干脆利落，像邮政局里给信件过戳时钢印与桌面发出的声响。当时鲁敏在文坛已经声名鹊起，但言谈举止没有任何精心计算和拿捏。自然、大方、舒展，像她经常穿深色衣服、戴深色围巾一样。她的笑声也是低调而又简洁，却让人特别舒服而亲切，没有任何疏离感。她还是一个从内心到外在、从会上到会下、从大众场合到小众范围，始终和谐统一的人，没有任何的"隔"。

第二次见面是在2014年10月，天津作家代表团访问江苏，在座谈会上再次与鲁敏隔桌而望、笑语相谈。这时的鲁敏不好用大红大紫来形容，但可以用"重量作家"来定名。鲁迅文学奖、人民文学奖、中国小说双年奖、郁达夫文学奖等以及德、法、俄、日、英诸多语种的翻译介绍，使得这个单眼皮、小肉眼睛、身材单薄的江苏东台小女子，走进了当下中国文坛著名作家的行列。

在人才济济、色彩缤纷的"70后"作家中，鲁敏已经拥有了不可替代的"鲁式色彩"，而且其色彩正在越来越艳丽、越来越奔放。与鲁敏两次相见虽然相隔多年，她没有太大改变，依旧还是穿深色衣服佩戴深色饰品，但是岁月使她的肢体语言多了一种从容、严肃，取代了早年稍微匆匆的动作，可能面对快要上大学的女儿，年轻的鲁敏不得不在生活中"尽快长大"吧。

为什么说熟悉鲁敏呢？因为读了她太多的中短篇小说，那种硬朗的下笔，简捷快速的叙述，极像她与人说话时的语速。读她的小说，就像她坐在你面前讲话，这倒不难理解，与许多作家第一次相见，之所以没有陌生感，就是阅读了作品的缘故。

该说《六人晚餐》了，否则这篇文章无法起承转合。

"六人晚餐"是二十世纪九十年代在澳洲、欧洲兴起，年轻人颇为喜爱的一种社交、休闲方式，鲁敏将这种社交方式作为她第五部长篇小说的书名，肯定有她秘而不宣的道理。这部长篇小说发表后，不仅在文学圈内好评如潮，更让鲁敏在文学圈外得以知名，我身边许多不写小说但喜爱阅读的人，从"40后"到"80后"，有多人跟我说起过鲁敏和她的《六人晚餐》。最有代表性的是前年某期《非诚勿扰》，主持人孟非在节目前的简短开场白中，说他读到了一部名叫《六人晚餐》的好小说，希望大家好好读一读，这似乎更能验证这部小说在文学圈外的红火。

作为一名喜爱鲁敏小说的读者，我也看了《六人晚餐》，我相信这是鲁敏用心用力之作，也是一部沉甸甸的厚重之作。每年年初，十月文艺出版社资深编辑胡晓舟都会给我寄来"十月社"上一年度出版的好书。我记得前年寄来的一摞书里就有《六人晚餐》，这部长篇小说单行本在十月文艺出版社出版之前曾在《人民文学》刊登，并获得了 2012 年《人民文学》"长篇小说奖"，还成为那两年总是挂在许多著名评论家嘴边上的"唇边小说"。不知道鲁敏自己怎样认为，但我认为《六人晚餐》是鲁敏长篇小说创作之路上，迄今为止一个非常重要的标记。

在说《六人晚餐》之前，我还是先讲鲁敏这部长篇小说出版之前的创作与生活，相信对解读《六人晚餐》会带来更大的理解和帮助。

2

在作品集《回忆的深渊》中，鲁敏硬是把韵味深长的文字，锻造成了一把锋利无比的手术刀，面不改色地攥在自己手上，准确地划开惆怅忧伤的记忆，没有任何遮掩地讲述自己并不快乐的成长历程。这个总是喜欢用左手摸着自己头部、阳光般微笑的江苏女子，在她逝去的青春岁月里，不仅长相、打扮"乡村"，行为、思想也有浓厚的乡村气息，比如她不会撒娇，缺乏对任何游戏和娱乐的热情，而且羞怯和自卑。我看过一张 1987 年她刚刚考入江苏邮电学校时的照片，少女时代的她，表情那样拘谨、肢体那样僵硬，青涩的面容有着与

《六人晚餐》之前的鲁敏

年龄不符的木然，与"活泼、快乐"差之千里，与日后疏朗大气充满别样魅力的她，完全就是毫不相干的两个人。我相信阅读和写作美容了鲁敏，当然更是压抑的生活滋养丰沛了她。对于依靠文字压住人生阵脚的写作者来讲，痛苦、忧伤是最好的美容护肤佳品，它可以让男性成熟坚强，让女性充满知性之美。

在鲁敏较早谈生活和创作的文章中，最打动我的是她写于2009年的《以父之名》的自传体散文，这篇文章多次让我停下来，舍不得继续读下去，甚至泪眼汪汪——以至于不久前她在微信上贴出母亲节与母亲、女儿的合影时，我立刻送上真心的祝福话语。当年长期住在省城的鲁父，与年幼的鲁敏之间几乎没有任何交流，"一般地讲，我只在春节见到他……父亲不知我的毕业找工作、结婚生养、买房、换工作"，还有"那许多的打击、恩爱、凶狠，他不知道"，甚至"我16岁时他死的，他都不知道我后来又长高了一些"，更难以置信的是，鲁敏与父亲没有一张单独的合影照片。

我端详鲁父那张戴着围巾的照片，真是令男人都羡慕的英俊、帅气、儒雅。据鲁敏回忆，那些年回到乡村探亲的父亲，再冷的天也要穿毛料的衣服。鲁敏对父亲没有多少亲情依赖，甚至有一年放暑假住在父亲那里，离开时没有与父亲任何的不舍，相反倒是"记得他窗台上有一小盆茉莉花，我天天看着，闻它的清香，在夜里尤其的好，离开时，我倒舍不得那盆花了"。但是在那篇文章的字里行间，她依然带着无法言喻的心情欣赏"会拉小提琴和手风琴，会修缝纫机和收录机，烧得一手口味清淡的好菜，桥牌打得漂亮，投篮时三分球十发九中，钢笔字比毛笔字还好，模仿毛体字活灵活现"的父亲。她带着别人永远无法理解的心境书写有血缘关系但又没有感情的父亲，只有她自己明白心中的滋味，否则她不会这样讲"记忆里那个模糊的零碎拼图般的父亲越来越抽象了，他到底是我什么人"。

虽然鲁敏把对过去的回忆定义为"回忆的深渊"，但在她脸上却没有看到一丝"深渊中怪戾"的呈现，相反十年来总能在各种报刊杂志上看到她标志性的一成不变的笑脸。但不可否认的是，过去的生活氛围尤其是"陌生的父亲"，绝对影响到了她的人生。譬如"我从小擅长考试，在分数上我总会赢"的鲁敏，虽然后来中考全市第三名，但还是在父亲、班主任等人的"暗箱操作"下，硬是把她报考高中之路篡改成了邮政学校，让这个聪明的女子认定自己没有青春期并且在枯燥的邮政局系统整整学习、工作了18年。但也成全了鲁敏，假如鲁敏上了大学，套用一句用烂了的经典台词句式——极有可能中国大学里多了一个平庸的女大学生，但中国文坛会缺少了一个优秀的女作家。

3

在《六人晚餐》之前，鲁敏早已发表了大量的中短篇小说，著名篇章比如《纸醉》《取景器》《离歌》《惹尘埃》以及获得第五届鲁迅文学奖的《伴宴》等等。我曾在网上查阅这些小说发表后的反响，除了大量被转载、入选各种文学选本之外，几乎全都拥有相当数量的评论文章。我不是一个搞评论的人，我只是一个普通的读者，我喜欢研读作家那些不被评论或少被评论的小说，我想那才可能是另一条深刻阅读某个作家思想内涵的奇妙路径，比如鲁敏那部发表在《钟山》上的中篇小说《死迷藏》。

尽管鲁敏正把《死迷藏》与另外两部小说《不食》和《谢伯茂之死》改为一场小剧场话剧，但是《死迷藏》这部小说被评论家关注得不多，评论也少之又少，我之所以研读这篇小说，除了以上原因之外，最重要的是因为鲁敏关注死亡。

她在接受一家媒体采访中直言不讳地讲"没错，我对死亡有偏好……生命与爱，这是一切艺术的永恒的主题，永远值得书写……如果这算作'模式化'，我会把这个模式化做到最深处"。

我握着"我对死亡有偏好"这把"鲁敏牌钥匙"，开始走入鲁敏的《死迷藏》。坦诚地讲，我不太喜欢《死迷藏》的叙述风格，干脆坚硬，像个粗壮男人挥舞大斧砍劈一截百年老树桩，远没有《取景器》的"我终于可以心平气和地回忆我的女摄影师，用一种一往情深的语调"；《风月剪》的"已隔20年之久，我却一直忘不掉，像挂在脖子里的一块玉，凉而润"；《思无邪》的"我们东坝，有一个狭长的水塘，夏天变得大一些，丰满了似的，冬季就瘦一些，略有点荒凉"之类意味深长的叙述风格以及女性话语的明显印痕。可《死迷藏》的叙述没有那些可爱的柔媚，大概鲁敏在离开"东坝叙述"之后，有意躲开以往读者熟悉的那些话语方式，与谁生气、作对一样，故意变得硬朗。比如开篇便是"是老雷本人报的案。上午八点四十五，他周到地等上白班的内勤警员泡好了他们当天的第一杯茶"。看着鲁敏这样平白直叙的开篇，我倒是想到了《包法利夫人》的开篇"我们正上自习，校长进来了,后面跟着一个没有穿制服的新生和一个端着一张大书桌的校工,正在睡觉的学生惊醒了,个个起立,像是用功被打断了的样子"。

当然,鲁敏用什么样的方式讲述故事,一定有她自己的叙述主张,别人肯定问不倒她,她有一大堆的理由等着你去质询。

《死迷藏》是一部荒诞的小说,开篇便是43岁的日子过得相当乏味的老雷用充足的理由"非他,亦非橙汁,而是偶然性"杀死了儿子雷小童后,镇定自若地拨打"我"的电话,告之"麻烦你替我请个假,我最近不能上班了"。在鲁敏的笔下,"毫无野心,妻儿家小即为其全部的出发点与终点"的老雷"偶然"杀死儿子后,人物越是镇定从容,这篇小说的走向也就越发呈现荒诞中的悲怆。其实仔细琢磨就能立即发现,鲁敏之所以采用如此粗粝的叙述方式讲述《死迷藏》,这与故事本身有着密切的联系,现在看来似乎觉得只有"这一个",没有"那一个"。只有现在这样的叙述,才最为吻合《死迷藏》。

在《死迷藏》中,鲁敏几乎不讲所谓的技法,"且往回走,往事情的最开头走"以及"试举一例,在他办公桌一侧的墙上"等等这样简洁的叙述推进,但读下来,丝毫不影响小说的意味绵长,相反倒是极为痛快,再想那些绕脖子的"翻译体"的叙述,显得那样索然无味。之所以产生这样的效果,道理也很简单,"刀劈斧砍"与"圆润细腻"各有魅力,正可谓"尺有所短、寸有所长"。

在《死迷藏》这部小说中,鲁敏把着眼点、把书写的力度全都用在了揭示生活、生命以及关于死亡的阐释上。比如老雷,从被广告牌倒塌偶然砸死的同事小钱那里突然悟出了生活真谛,原来死亡就在身边,我们随时可能死亡……于是一系列不可思议的事情接踵而至,所以说与其讲这是小说里人物老雷对都市、对生活的极度恐惧,不如讲,这就是当下都市人对未来的惊悚。

鲁敏对死亡的书写,通过老雷"偶然"杀死儿子雷小童,得到了尽情的抒发。不知为什么,阅读《死迷藏》,我总是想到《以父之名》中描写她在父亲死后的七七四十九天,家里人请人放焰口的场景:"俄文字典、围巾、画报、小木摆件,印象最深的是他一件羽绒衣,十分肥厚,真好烧呀,一扔到火里,羽毛们就'蓬'地炸开了,热气烘烘,我惊讶得忘记了心疼",我相信鲁敏在写"老雷之死"时,肯定想到了"父亲之死",那个时候她一定恍惚,"老雷"与"父亲",肯定不止一次出现在她的梦境中,这个看上去表面并非忧郁、惆怅的女作家,其实内心藏匿着太多的柔软、太多的伤痛。在她的内心深处,最熟悉的人就是最陌生的父亲。这就注定了"父亲"永远是她写作道路上无法回避的问题。那么在这个问题上,"小说家的鲁敏"永远霸占着"生活中的鲁敏";"生活中的鲁敏"经常被"小说家的鲁敏"所遮蔽。

《死迷藏》这部小说直抒胸臆、直面表达,没有任何炫技,上来就把"底牌"亮给读者,毫不遮掩自己的用意,在亮亮堂堂的大堂中间,不动声色、镇定自若地变着戏法,还自信地不用任何道具,把一块见棱见角的大石头摆在你的面前,让你自己去想象其中的内涵。鲁敏将"虚"彻底变成"实",从而用文字的真实抵达了现实的真实。

4

鲁敏讲《六人晚餐》动笔于 2009 年,由于各种原因,2010 年这部长篇小说的写作完全中断,后又因住宅附近一场大爆炸事故,她在屋中打扫被震掉的碎玻璃时,突然迸发重新写作《六人晚餐》的欲望。从时间顺序上推测,《死迷藏》

应该是《六人晚餐》的"奠基石",因为《六人晚餐》如同《死迷藏》一样,将镜头再次对准"都市人的城市困境"。我是这样猜想的:鲁敏在写作《死迷藏》时,《六人晚餐》人物正在很远的地方向鲁敏热烈地招手。我相信出生在乡村的鲁敏,对城市有着一种与生俱来的"仇视",在她的许多小说中,她都"鄙视、不屑"都市,可能鲁敏自己没有察觉这些,但在她写作的潜意识中,还是不可避免地显现出来,时不时地露出蛛丝马迹。

《六人晚餐》发表、出版后,有着太多的评论、太多的荣誉,我再过分的饶舌,亦是无足轻重,况且这是一篇书写"《六人晚餐》之前的鲁敏",不说这部长篇小说也无妨,也不算文不对题,所以……那就再说上最后几句题外话。

《六人晚餐》电影正在热拍中,网上有许多关于这部电影的花絮。但鲁敏在这件事上没有接受什么采访。这看出了鲁敏的超然与冷静,她是小说家鲁敏,她是依靠文学作品站位而不是依靠与影视抱团取暖的人。

鲁敏是一位生活幸福的女人,从她展示出来与丈夫、与女儿在一起的合影照片中,我们能够清晰地看见她的幸福指数有多高。一个女作家的生活是否幸福愉快,完全在于她在

《六人晚餐》之前的鲁敏

日常生活的几个关键节点上能否顺利通过，一旦在某个节点上纠缠或被纠缠，将会注定成为另类的人。

鲁敏早就顺利通过了通常女作家在生活中容易被绊倒的几个节点，带着她标志性的微笑，热情洋溢地坐在热乎乎的"餐桌"旁，相信这是她给家人做出最好的晚餐，家人也会享受她的微笑、享受她的美食。

多么美好呀，她有这个能力。因为她是一个驾轻就熟的女子。

（写于 2015 年 5 月）

载来，载来

戴来,戴来

1

不知为什么,《戴来,戴来》这样的标题,从我想要写这篇文章开始,没有任何羁绊地出现在我的笔端,似乎它形成很多年了,早在某个地方沉静地等待我去把它取回来。随后在《戴来,戴来》这样的标题下,一个与众不同的苏州女子旗帜鲜明地站在我的眼前。

有许多话要说,又不知从何说起。那就从"说话"说起。

话语不多的小说家,第一印象永远让人深刻牢记,比如戴来。2004年我在"鲁院"学习的第10天,在邻近的一家湘菜馆里,看见了正在与于卓沉静吃饭的戴来。于卓给我介绍。戴来表情平淡,没有任何虚张声势的客套,脸上也没有笑容,木木的，在略显迟疑的肢体动作中，镜片后面的目光逐渐透露出来纯白的真诚。我们几个"高研班三期"的同学落座后，当然要给两位"高研班一期"的师兄、师姐敬酒。戴来刚要举杯，被于卓坚决拦住，事后得知她转天要去法国访问，下午在北京还有诸多事宜，不便喝酒。那是我第一次看见不让人喝酒的于卓，第一次看见不喝酒的戴来。后来于卓告诉我，戴来是一个特别好的哥们儿。说这话时，于卓表情激动，双腿麻花般交叉并行，并且不断挥舞手臂。事后证明，戴来确是一个拥有好名声的人，一个几乎没有什么毛病的女作家，一个没有小说之外消息的小说家。

还有一年，去河南参加中国作协采风活动，在洛阳、开封……几个县市走下来，最后一站是新乡。刚到郑州的时候，采风团里许多人就开始嚷嚷，说是到了新乡，一定要把戴来喊出来。后来在新乡，果然看见了提前到来的戴来。吃饭的时候，我和戴来、衣向东并排而坐。戴来敬别人，别人也敬她。戴来喝酒，没有酒前那些杂七杂八的绵长话语，木木地看着对方，也不说话，突然举杯就干，就像球门前灵动机敏的射手……于是那天，她很快就有些动作散乱。衣向东有些着急，埋怨我为什么让戴来喝这么多酒。戴来立刻反驳衣向东，说我并没有让她多喝，并且始终悄悄拦着她喝酒。看得出衣向东真是着急，也由此证明，有那么多人想起她、照顾她、呵护她。被人照顾、呵护，与性别、年龄无关。

后来又有几次看见戴来，在中国作协北戴河之家、在天津滨海国际写作营。她还是那么略显迟疑的样子，总好像没从自己的梦境中走出来。她还是那么受到大家的热烈欢迎。其中赵玫很多次跟我讲起戴来，赞美不断，每个赞美的字句之间都夹杂着硕大的感叹号，就像快乐活泼的礼花，铺满沉默静谧的天空。

一个作家受到同行内不分年龄、不分性别的普遍赞誉，除了人好，当然作品更要好。戴来就是这样的"双好之人"。

2

读戴来的小说，正像程德培精准地定义——究竟是什么意思呢，好像又没有什么意思，但又不像一点意思也没有。戴来的短篇写到妙处时，经常给人这样的感觉。

我们采用倒序手法，在欣赏戴来小说的"妙处"之前，先从"没有什么意思"的小说题目开始，诸如《茄子》《红烧肉》《甲乙丙丁》《外面起风了》等等。更有甚者，戴来小说的题目"没有意思"到了一种特别境界,比如《在卫生间》《两口》《给我手纸》《亮了一下》等。我听过许多作家讲,给小说起题目最难,一旦有了题目,整篇小说就有了临风飞扬的魂灵,就有了叙述的奇妙路径,甚至小说的内在涵义,小说题目都能够承担一半的分量。显然,戴来不是这样重视小说题目的小说家,从她小说题目来看,真看不出来有什么叙述担当,完全可有可无,类似人类体内那一小截儿不太重要的盲肠。甚至还可以编成"戴来小说1"或是"戴来小说2"之类的题目。但,当真"没意义"吗?

　　从戴来小说题目看,隐约能感觉出来,流露着她对生活的斜睨,但假如由此认定她是一个玩世不恭的人,那又是一个错误。尽管她在早期带有自传体性质的中篇小说《一二一》里,借助小说里的人物任馨伊,曾有过这样的讲述"她做什么都是因为好玩,包括以闪电般的速度嫁给了一位新乡的小伙子。她太想让认识她的人大吃一惊了,一想到别人吃惊的样子她就开心。她还想生个孩子玩玩"。千万不要以为出现"新乡"字眼,那就是嫁到新乡的戴来生活写真,进而引证出来她写小说也是"玩玩"而已。不是那样的。戴来绝对是个认真的小说家,只要细读她的小说,就会发现木木的她,当面对文字、面对她笔下的人物时,她开始双眸闪亮,专注而用情,用细腻的刻刀般的笔,真实刻画都市缝隙中人的挣扎、苦闷、烦恼、无奈,也正是在这样认真的书写中,一个人如何面对外面世界的真实面目,已经无法遮挡地清晰起来。

想要了解戴来,一定要看她的小说。

3

戴来都市题材小说里的人物,大体分为两部分:同龄人和年长者。我发现在书写同龄人时,戴来的叙述带有调侃。而讲述年长者故事时,则是充满同情和慰藉。

比如戴来讲述同龄人故事中,经常会出现一个叫"安天"的人。戴来对这个人物寄予了作家自身的精神依托,就像一个手拿挖耳勺的恶作剧的大孩子,不断地逗乐自己笔下的人物,在乐声中袒露青春伤口,接受阳光的暴晒。

"他很痛,却痛得畅快淋漓,他一点也不例外,从一开始他就知道结果会是怎样,可以说,这顿打是他主动申请的"。戴来小说里"小伙伴们"常常这样出场,那个拥有戴来思想的"安天"就是这样向我们狠狠走来的。当然,其他人物也都充满戏剧性,同样在《一二一》里,与安天有着情感纠缠的任馨伊，是个这样的女子——对于让她好奇的东西，她习惯像孩子那样用手用嘴去触摸而不是用脑子用心去观察。

戴来笔下的同龄人，多少有些像二十世纪八十年代王朔笔下的"顽主式"的年轻人，譬如"安天、任馨伊们"认为"婚姻生活其实就是一种奇特好玩的集体生活，两人一起吃饭一起睡觉一起换用旧了的牙刷毛巾"，并且还有可能开这样的玩笑——"安天想到了马松，任馨伊初恋的情人，三年前在一个大雾的早晨死于车祸。任馨伊在马松被推进焚尸炉的那一瞬间当场昏倒的场景，安天至今记忆犹新。以马松的名义给她送一束花，真是个不错的主意"。

戴来小说里的年轻人，虽然隐约有当年王朔笔下人物的印痕，有些模糊的相似，但又绝不相同。王朔笔端下面的人物，行为方式更加张扬、外露、霸气，人物所有的思想全都通过一张京片子嘴巴，滔滔不绝地显露出来，可以讲是"说"出来的；而戴来书写的人物，其斜睨式的脱轨般的行为风格，似乎更加隐蔽一些，像苏州小桥流水一样，不动声色地显现，细碎的犹如嗑瓜子的声音，是"动"出来的。戴来让"安天、任馨伊们"在拥有"一二一"向前一起走的步调中，看上去还算协调，走的方向也还一致，但彼此心中所想却是南辕北

戴来，戴来

辙。"一二一"这个古老的协同步幅，在戴来那里，好像是那一张结婚证书或是爱情关系，但所有的人物，却在"一二一"之下，有着不可思议的精神错位。如此看来，戴来小说的题目充满了太多的隐藏，并非简单、并非没有意思，几乎就是一个狡猾的老狐狸，或者就像隐藏在小巷间的民间大师。

可是，戴来书写年长者情感生活的小说中，她却后退一步，礼貌地收起"绅士调侃"的语调，变得有些"一本正经"。比如在短篇小说《向黄昏》里，那位不被老婆待见的男性功能有些欠缺的老童，想要钻进合法妻子陈菊花被子里，却要绞尽脑汁，用了那么多繁琐的"小动作"，可最后还是不能如愿以偿，在老婆陈菊花的怒视和怒吼下，只能郁闷地出去遛弯儿了。戴来在描写老童种种"小动作"时，没有描写"安天、任馨伊"时轻松，相反有些沉重。比如描写老童的两只手想要摸进陈菊花被窝时，尽管有那么一两句"老童的左手现在就是个负责侦察的排头兵，这只手从来都没有像此刻这样被委以重任过，它因此难免有些紧张"，或是"老童又一次把手伸进了被窝，陈菊花朝里床一个翻身，老童的手就暴露在外面，它干巴巴的，而且青筋毕露，出现在床上，仿佛是个意外"的书写，但整体上还是非常严肃的，似乎能让人感觉出来，作家此刻内心的同情和无奈，少了不少的调侃。

《向黄昏》这篇"中年小说"，戴来写得冷静而残酷，就像她表情不太丰富的面容。如此书写夫妻关系的冷漠，在"70后"作家中，应该是不多的，可以说写到了骨子里，扎进了骨髓中。阅读《向黄昏》让我明白，世界上最奇妙的关系就是夫妻关系，一旦丧失感情，比"路人甲、路人乙"还要陌生。年轻的戴来，仿佛心中早已暮年，早已洞察了人世间的苍茫苦痛。

戴来的中短篇小说尤其是短篇小说，假如不知道作家性别的话，一定以为是个男作家，几乎没有女性作家的任何标痕。这也是戴来区别于其他"70后"女作家的主要标志之一。有的女作家，比如鲁敏，可能某个阶段或是某篇，看不出来性别，但还是有许多作品，能够充分显现出来作家的性别。戴来不，几乎所有作品都没有显现。正如李敬泽所讲"作为小说家，戴来希望让世界在'我'之外生长、呈现，为此她遮蔽自己的痕迹，她甚至遮蔽性别"。

阅读戴来的小说，感觉她对日常生活细节的专注，充满了特别的耐心，到了不厌其烦的程度。也正是在这种耐心的叙述中，显示了她超强的独处心态。因为，只有一个精神能够自我独处的人，才能如此呈现这样坚韧的叙述。

4

在炽热的北方七月里、在阅读戴来小说的日子里，我感到了来自大洋万米深处的冰冷。43岁的戴来拥有怎样的生活姿态？在她迷茫的目光和面容中，她在想什么？这不仅是我的疑问，也是许多关注她创作的人的疑问。因为戴来给人感觉是个躲进深山里的作家。

静静地阅读戴来的小说，我发现大部分都是她十几年以前的作品，近年来的作品不是太多。戴来现在忙些什么呢？尤其前不久她在微信上发出公告，从7月1日起她将不再使用微信、微博，与她联系请使用电话和邮箱。看上去有些懵懂的戴来又要做什么？

从2002年戴来获得首届"春天文学奖"之后，她的写作生涯开始受到人们的关注。但人们只是关注她的创作，关于她的生活知之甚少。尽管在文坛拥有好人缘，但戴来似乎谨慎保持着与他人的交往，大多数时候她都是沉默的，无论公开场合还是小众氛围，她很少讲话。

有人说戴来在封闭自己。我不认为是她有意为之，还是她的性格使然。我记得在一篇采访记里,她说她觉得与人沟通是一件比较困难的事。大概也正是这样的原因,戴来小说大多以男性视角来讲述故事,以此从心理上躲开那个生活中"不善交往的女子戴来"。当然,这只是我的猜测。

我羡慕、欣赏沉默寡言的人,因为这样的人内心强大。麻雀总是"叽叽喳喳"叫个不停,但没人注意;鹰很少出声,可只要飞过去,定会引人无限关注。我曾经在茫茫戈壁滩上看见过一只飞翔的孤鹰,它飞得很慢,完全可以用旁若无人来形容,广阔无边的天空好像只有它自己,再没有其他物种。那种旁若无人的姿态令人神往。

据说现在戴来已经回到了苏州生活,是依旧自由创作还是具体做了什么工作,我不知道。我只知道她曾经在新乡生活了十几年,曾经有那么多人,不解一个苏州姑娘为什么要到没有什么特点的新乡去生活?很多人都说,戴来是为了爱情去新乡的。这可能是最令人向往、最有诗意的解释吧。

戴来曾经坦言,她不喜欢繁琐的生活,喜欢简单、随意,许多复杂的事,她在心里走一遍也就算体验了,不想真正去做。这真是一种独特的活法,让人仰羡,却又无法复制、无法学习。

戴来,戴来

没有什么给戴来特别的祝福,只是用"戴来、戴来"这样的称谓,祝福这个"不注意"小说标题的女子,祝愿她依旧葆有自己个性和生活方式。无论她生活在新乡还是苏州,其实都不重要。因为无论在哪里,她都是戴来。

(写于2015年7月)

阅读考

徐则臣

阅读者徐则臣

1

写徐则臣,是我写作"70后"作家印象系列中较难开始的一篇。在当下众多优秀的"70后"作家中,徐则臣的创作个性极为鲜明,而且长、中、短篇小说齐头并进,无论四五千字的短篇,还是四五十万字的长篇,比较下来没有些许的落差,水准大体保持一致,这对于一个1978年出生的作家来说不是一件容易的事。正因如此,关于他小说创作的各种评述,早就有许多著名评论家做过太多的阐述。作为一个普通的阅读者,我再去议论他的创作,似乎没有"添足"的必要。如何寻找一个有效路径去认识"70后"作家中不可或缺的徐则臣,忽然成为一个不小的难题。在过去不算太短的一段时间里，我被这个所谓的角度问题痛苦地折磨。

后来，我开始关注徐则臣的阅读——他为数不多的读书笔记。这时我发现一个被评论界忽略的问题，评论界对他阅读的关注不多，与对他小说创作关注相比较，几乎完全被遗忘。至今好像没有一篇文章谈他的"技术性阅读"。一个优秀作家的诞生有着各种方面的因素，其中他阅读什么、如何阅读，是作家走向"优秀"的不容忽视的因素之一。

把徐则臣公开发表的读书笔记放在一起，已经成为一道独特风景，许多篇章完全可以编成"创意写作"教材。比如他在剖析马尔克斯小说《一桩事先张扬的凶杀案》中，从开头到结尾，递进般分析，逐段甚至逐句研究，有的地方还以"1、2"这样严谨的标题形式加以说明和表现，恍惚中好像已经不是读书笔记的模样了，实实在在的，完全可以放在写作课上使用，可以成为教授一堂文学写作课的教案。

我喜欢看徐则臣的读书笔记，像短篇小说一样，像散文随笔一样，当然也更像有理有据的理论文章，或者像是三者的精妙结合。他的读书笔记有结构、有观点、有尊崇、有怀疑、有质询、有高度，在感性的欢愉中始终伴随着理性的沉静，总能给阅读者带来某些方面的启迪或是深刻的思考。

阅读者徐则臣

我要写"徐则臣的阅读",还有另一个理由支撑,那是来自他的"自供状"。他在《经典、难度和动荡的名单》一文中,把自己定位为"一个专业的文学阅读者和写作者"。另外,他在2010年"中日青年作家论坛"上的《在世界文学的坐标中写作》演讲中,也曾给自己定位——作为一个写作者,作为一个专业读者。

《阅读者徐则臣》也就变得顺理成章了。

2

看上去,总像是在走神儿的面容沉静的徐则臣,在他读书笔记中同样呈现出来一种超然的冷静。这位喜欢"后半夜的北京"的江苏人,即使发出大声赞叹,也会显得极其节制。居京十几年,曾经阅览了无数文坛大场面,肯定洞悉了文坛的"面子"和"里子",却没有任何改变,依旧保持着江苏小城溪水般的安静品格。例如他在赞叹德国作家本哈德·施林克"能用一个好看的故事,把这样一群人全写出来"的《生死朗读》之后——享尽了施林克的小说精华——用了这样的赞美来结束他的阅读感受,"要向本书作者本哈德·施林克致敬,这个我陌生的德国人讲了一个让我说不清楚的好故事"。

阅读者徐则臣这种冷静的技术性阅读，当然来自他作家、编辑的双重身份。可能首先来自编辑身份。恕我偏激，一个风风火火、目中无人、高傲冷漠的人，可能不会成为一个优秀编辑，"敏锐、严谨、前瞻"才能让一个大刊编辑在面对如潮的稿件时，始终保持清醒的独到的发现的目光。而徐则臣作为一个拥有自我追求、不容平庸的作家，又给编辑身份附加了一种新的思考维度，两种身份叠加、互助起来，使得"阅读者徐则臣"的阅读更加显得与众不同。

阅读，应该首先面向经典。

以怎样的态度阅读经典，徐则臣通过自己当年"情绪化的阅读"、青春年少时的"反叛个性"、成长中的人生经验，给出了一个阅读者的前进路径——先是警惕、拒绝，然后阅读、分析，最后总结阅读收获。

譬如面对伟大的托尔斯泰。

俄罗斯文学有三株高耸入云的大树，屠格涅夫、托尔斯泰、陀思妥耶夫斯基，面对他们和他们的作品，有谁敢于发出警惕的疑问？哪怕是"下意识警惕"的疑问。这好像是一件连想都不能想的事，但是徐则臣"很多年里我都不喜欢托尔斯泰，虽然他是我最早拜读的大师之一"。面对众口一词的

阅读者徐则臣

文学大师和文学圣人，徐则臣坦言"不是因为他们写得不好，而是因为他们写得太好了，好到所有人都在说他好"。我们在这里不必赘述托尔斯泰那些经典作品的篇目，也不必再论述托翁的作品如何代表了"俄罗斯的宽度"。只是想要探讨一个阅读者的内心路程：当年的"反叛少年"徐则臣，经过岁月的淘洗、思想的成熟，经过不断的阅读之后，他终于对托尔斯泰、对于经典作品有了自己的判断，"我越来越喜欢这个倔强的老头，在文学上他是大师，在世俗中他是圣人"。

而且多少年之后，当一个朋友把托尔斯泰肖像画送给徐则臣后，他毫不犹豫地把相架放在自己的书桌前，"能听见我敲打出的每一个字"。

徐则臣如此不可复制的阅读经典的心路历程，相信会给我们带来阅读上的思考，因为作家的阅读，不等同于文学爱好者的阅读。作家的阅读，应该是"技术与思想"的双重阅读。在面对大师和经典时，首先不应该盲从，应该提出疑问，带着疑问研读，从中发现自己心中"真正的经典"，而不是"别人心中的经典"。当年徐则臣在波恩大学他的小说朗诵会上，面对关于偶像的提问时，他不假思索地回答："偶像是我喜欢的作家，未必影响我的写作；而影响我的老师，未必是我偶像。"

在阅读经典之路上，徐则臣头脑极为清晰，始终把大师和经典分开，如何让经典为我所用，变成自己的东西。既然面对让人敬仰的托尔斯泰都如此冷静，还能有其他作家"躲此一劫"吗？

前些年，曾经在一段时间里，有一位大热中国文坛的外国作家，他就是美国作家雷蒙德·卡佛。我当年也曾经那么崇拜卡佛，记得在一家咖啡馆，已经是深夜了，许多人都已经出现极度的困意，我还在双眸闪亮地大谈卡佛。

那么，徐则臣呢？

徐则臣面对当年的"卡佛热"，他读书笔记中这样说道，"我的确认为卡佛没那么好，当然前提是，卡佛很好，只是没到我们众口一词那么伟大的份儿上"。

在这里，我特别想引用徐则臣对于小说写作中"精简"的独到阐述，"节制是写作的美德，但准确是更大的美德，如果为节制而损害准确，吾未见其明也"。紧接着，徐则臣继续说，"小说可以砍，甚至可以无限制的砍下去……卡佛的做法固然可以创造出巨大的空白和值得尊敬的沉默，不过稍不留心，也有可能把小说简化为单薄的故事片断乃至细节，那样不仅出不了空白,反倒弄成了闭合的结构"。

曾经一位有些名气的作家在创作谈中,颇有心得地讲他如何把写好的小说一遍一遍删减,多一个字都不要,减,再减,直至实在无法再删,这才依依不舍地勉强罢手。我翻箱倒柜找来了这位作家"先是刀砍斧剁,最后外加手术刀精细运用"后的极为精简的小说。正像徐则臣所讲的,走火入魔的"卡佛粉丝",已经"把小说简化为单薄的故事片断"了。我想这位作家要是看了徐则臣关于卡佛小说和对精简的辩证认识,肯定会安静下来沉思的,也肯定会"手下留情"的。

在阅读徐则臣的读书笔记时,我特别欣赏他在阅读麦克尤恩小说《赎罪》时所提出的关于"个人日常经验和宏大叙事的对接",他是这样阐述的——真正将"大"和"小"水乳交融的处理好的,其实并不多。这其中"大"要足够"小","小"也能足够"大"。你不能让"大"架空了"小",也不能让"小"泛滥,以至于拖了"大"的后腿,降低了"大"的高度。在"大"的背景下,"小"既能自足,又须具备可供升华至"大"的品质。

这一番"大"与"小"的辩证论述,为"个人日常经验和宏大叙事的对接",提供了极为形象的说明。

阅读经典作品，就像徐则臣所认为的那样"所有的道路都有可能是一条绊脚的绳索，一不小心就会被放倒"。阅读经典作品，但又不被经典"绊倒"，徐则臣的阅读感悟，为他的写作之路奠定了重要基础，同时也给其他读者提供了一种阅读经验。

方法论重要，世界观更重要。世界观最终决定着你的方法论——徐则臣言简意赅地给出了阅读的定义。

3

当下，许多有成就的"70后"作家，他们的阅读基本上都属于"技术性阅读"。我曾经认真看过一些"70后"作家的阅读笔记，譬如张楚之蒂姆·高特罗的《死水恶波》，弋舟之萨曼塔·施维伯林的《杀死一条狗》，以及李浩之博尔赫斯的诸多短篇小说等。他们像辛勤而又聪慧的造纸工，阅读的过程就是"从大树到纸张"精细而琐碎的"劳作并收获"的过程。精细的技术性的阅读，给这些"70后"作家的创作提供了巨大的写作帮助。当然，每一个作家的阅读，都有自己的特点，都有自己的心得，都有不可复制的精准和美妙。

徐则臣的阅读可能还属于"立体式阅读"。他不仅仅停留在作品的"技术和思想"上，不局限自己的阅读疆域，不束缚自己的阅读触角，他在阅读中的思考始终是在前行的，从来没有"站下来"思考，始终有着更加广泛的延伸。比如对于作家人格的论述。

徐则臣阅读《福克纳传》后，曾经写过一篇名叫《福克纳的遗产》的读书笔记。在这篇文章中，他对传记的写作提出自己的看法后，笔锋一转，说起"作家的写作与人格"。他认为，伟大的作品是应该大于作家的。作家可以有很多的毛病，可以狭隘，可以在某些问题上无力向世界敞开，可以不在所有见解上都深刻，但是你得有能力写出超越自身障碍的作品。福克纳就是这么一个人，有一堆毛病，比如说谎这一条……他对很多问题的认识也会偏执、欠全面，甚至完全反动，无所谓，你别把自己完全带进小说。

理智的徐则臣对文坛上各持己见的"作家作品与作家人格"问题，给出了自己的答卷。我认为这是最为理智的看法。因为作家也跟普通人一样，你不可能用"道德标尺"的上限去衡量每一个人，然后再用那个上限，齐刷刷把不合格作家的作品全部砍掉，那样的话不是理智的行为，也会限制自己的阅读范围和收获。

我认为徐则臣提出的"你得有能力写出超越自身障碍的作品",具备两点含义。其一,可能人品、人格有问题的写作者,在这种写作超越中,会对自己行为有所反思,并且不断靠近"道德标尺"的上限;其二,作家的自身障碍,他可能也是针对那些看问题、思考问题"独断专行"的人,走出自身障碍,是非常重要的一步,我们无法相信一个没有广阔视角的写作者,能够写作出恢宏、阔大的作品。

徐则臣阅读体会表现在诸多方面,比如他还特别善于在阅读中,找出如何阅读、怎样阅读的办法。比如他对"卡尔维诺对经典看法"的看法——"卡尔维诺一直在用自己的尺度去丈量经典,他没有跟着大师们跑,他在解读的同时,也在印证和阐释自己的世界观和文学观……纸上的营养要摄取,纸页背后的东西更为重要,它是你区别于他人从而确立自己的关键之一"。

徐则臣正是在这样准确"确立自己阅读标准"的进程中,得以快速远离了阅读中不可避免出现的那种"基本上见了大个儿的就当神儿,见了神就拜"的"阅读萌芽期",从而快速走上"三五年过去,你未必就比他们差,已经不比他们差,至少作品中一度神秘莫测的部分在你已经了然于胸的"那种

阅读者徐则臣

"残酷且快意的阅读征程"。

4

我与徐则臣不是那种特别熟稔的朋友，见面不多，有数的几次见面还都是在人很多的场合，匆匆点头或是说上几句话，甚至有时候只是没有表情地远远地对望一眼。尽管如此，心中对这个不爱说话的年轻作家却有着一种陌生的亲近。我对不熟悉就不怎么说话的人，有着一种本能的亲近感，也特别理解他们默然的表情。本来嘛，不熟悉就是不熟悉，干吗非要装作熟悉呢？

其实，我曾有机会与徐则臣很早相识。

大约十年前，可能早几年或再晚两年。有一天午后，有几个人闲聊，忽然有人偏过头来问我，你去吴桥吗？随后又有人说，要是去，就一起去吧——生活中我不是强硬的人，很少与人对峙，再重再长的砍刀"呼呼"地砍下来，我也只是闪身躲过。可能总是闪躲，几十年了没有被砍死，而且毫发无损，竟然还锻炼出了恶劣环境下的顽强成长——但是性格再软弱的人，也不会接受这样的邀请。于是，我面无表情没有说话。就这样丧失了河北省吴桥之行。后来听说，当时刚去《人民文学》不久的徐则臣去了。

于是，错过了很早与徐则臣的相识。

再后来，我不断看到徐则臣的小说，短篇、中篇直至众人所知、颇受好评的长篇《耶路撒冷》。就像我关注"徐则臣的阅读"一样，也曾经关注"徐则臣的经历"。这个曾经看着祖父的《中国老年》和《半月谈》成长起来的苏北少年，曾经赤脚放牛、下水、推磨、插秧、割麦子；然后在村子里念小学、镇上念初中、淮安念大学、北大读研究生。这样的成长画面，曾经特别感动我。

在写作这篇《阅读者徐则臣》的日子里，有一天做梦，梦见一个方脸少年骑在牛背上，手里拿着一本厚厚的精装书籍。远处是蓝天白云，近处是水田，好像还有悠长的歌声。梦境突变，转瞬间田野变成了一个宽阔明亮的大课堂，一个喜欢穿带肩襻的上衣并且很少把衬衣下摆束在腰带里面的青年，正在舒缓而又得体地演讲。后来我醒了，好半天都没有缓过神儿来。一种悠长的感慨环绕着我。

徐则臣曾经在许多场合说过，他喜欢"耶路撒冷"，喜欢"伊斯坦布尔"，喜欢这两座城市的名字和发音。他要为这两个名字写小说。如今"耶路撒冷"写完了，"伊斯坦布尔"肯定也要写,他会不会将来还写"斯德哥尔摩"呢?

对于广大读者来说,"阅读者徐则臣"和"写作者徐则臣"缺一不可。无论他的"读",还是他的"写",曾经都给我们带来了别样的感受。

像徐则臣那样去阅读。

(写于 2015 年 10 月)

写随笔的梁鸿

写随笔的梁鸿

1

白俄罗斯作家维特拉娜·阿列克谢耶维奇获得 2015 年诺贝尔文学奖后，关于"非虚构文学"的热度在国内再度升温。几年前在此领域取得骄人成绩的梁鸿也再次成为媒体关注的焦点。大报小刊的各路记者蜂拥而上，开始把镜头"瞄准"梁鸿；出版社也不甘寂寞，出版"非虚构"作品，一定要把"梁鸿的推荐"大大地写在封面上。

但我知道，她不是一个愿意生活在聚焦点上的人。得出这样的结论，因为与她有过一次交道。一次交往，就能了解一个人？是的，完全可以。这倒不是自夸如何心明眼亮，而是梁鸿本人清透如水，无论天气如何，都是波光粼粼，没有水藻、没有漂浮着与水无关的东西。

2015年夏季，梁鸿来天津做新书分享的同时开文学讲座。本以为她所携新书是关于"非虚构作品"的，没想到带来了一部随笔集。我能感觉出来，她似乎有意回避"非虚构"创作，她想让读者对她有多方面认识，而不仅是享受让她得以盛名的"非虚构"。

躲开轻车熟路、已经取得成绩的领域，另辟蹊径，重新构筑新的写作疆场，或是回归自己安静的学术领域，这需要冷静的勇气，需要沉静的内心，更需要勇敢的自信。

于是，一部随笔集《历史与我的瞬间》，像是梁鸿用一把地质锤敲凿出来一条通往她内心深处的通道，并且在通道中显露出来清晰的生活断层，让读者和关注她的人，不费吹灰之力就能走近、看清她的年轮——梁鸿毫不保留地把自己的阅读、思考乃至苦痛而又惊悚的童年、少年经历，真诚地铺排在读者面前，没有任何扭捏、做作，更没有装腔作势，有的只是真实呈现，有的只是诚恳、诚意的讲述。

2

因为非虚构文学作品《中国在梁庄》和《出梁庄记》，让

写随笔的梁鸿

中国人民大学"博士后"、做过美国杜克大学访问学者的评论家梁鸿,在一夜之间被广大读者所熟知,成为"非虚构文学"创作的翘楚。

但任何事情都是辩证的,都会有利有弊。"写非虚构的梁鸿"就仿佛一个闪亮夺目的框架,在比较长的一段时间里,牢牢地桎梏住了多姿多彩的梁鸿,遮蔽了作为评论家和作家梁鸿的多重身份,甚至覆盖住了她内心与精神的多重表达和复杂色彩。

现在好了,随笔集《历史与我的瞬间》,像是一把尖锐的刀子,穿透了"写非虚构的梁鸿",让我们认识了"写随笔的梁鸿",认识了大学讲台下面表情平静而又略带谨慎的梁鸿,以及这种平静和谨慎之中蕴含的波澜起伏的内心世界。

与梁鸿相侧而坐。

短发、深色长裙、毫不张扬的饰品,低声而少语,偶尔还会脸红,绝不主动挑起话题但也绝不回避话题,礼貌得体,安静得像是窗外"历史的天空"。此时的窗外,是天津"五大道"英式建筑的侧影,阳光通过那些百年建筑,折射在梁鸿的脸上、身上还有她的书籍上。斑驳而宁静,绚烂而舒缓。窗外鸟儿啁啾,树影婆娑。在天津文联大楼完成文学讲座后的梁鸿，像在学校的一堂教学课后的样子。

这是一个相处起来令人舒服的女性。

望着她，我依旧在回想她在讲座上发出的声音——一个好的作家，应该永远在路上，应该拥有永远在突破、建构新的文学疆域的勇气。是的，她就是一个在不断建构自己新的文学疆域的人。她就是要挣脱"写非虚构的梁鸿"，要成为"写随笔的梁鸿"，以后还要成为"写小说的梁鸿"或是"写什么、什么"的梁鸿。

在阅读梁鸿随笔集的那段日子里，中国北方始终秋雨淅沥，我最大的阅读感受就是，"写随笔的梁鸿"丝毫不逊色于"写非虚构的梁鸿"。

3

首先让我震撼的是梁鸿有关家乡梁庄的"随笔书写"。她书写苦难、书写艰辛、书写苍茫，但又通过"幸福的回忆"切入其中。按照常理，她对于梁庄的回忆应该是"饥饿狂欢的记忆"，谁都能读懂二十世纪六七十年代中国乡村生活的无助、疼痛，那是一种钻心的无可置放的疼痛，但在梁鸿的笔下却不可思议地"幸福、快乐"呈现。

写随笔的梁鸿

"吴镇的糊辣汤,尤其是街中那家吴姓老字号,那香味是收敛的,你得细细品尝,一小口,一小口,那汤慢慢滑进嘴里,羊汤的膻香、面筋的面香、粉皮的粉香、羊肉的腻香、辣末的辣香,一层层进到你心里,犹如归乡。"

美妙的"吴镇的糊辣汤",对出身乡村普通家庭的梁鸿来讲,当年肯定是奢侈的味觉盛宴,一定不会天天享受。但她"独出心裁",不去写为吃上一碗糊辣汤而如何祈望、如何癫狂;面对童年、少年乡村苦难记忆,她不诉苦,没有愤懑,更没有悲伤,她只是描写"香",各种食物的"香",她集结了所有的"香",出人意料地递进为"乡"。

梁鸿用"美妙"表现苦难,用"快乐"表现艰难,但那"美妙和快乐"又绝不粉饰苦难和艰难,所有人都能读懂"香中的苦、香中的泪",这种独特的观察视角和出人意料的讲述,给随笔的写作拓宽了思想边界,使得普遍意义的"小随笔"变成意蕴深厚的"大随笔"。

区别于平庸随笔的最大标志,也是优秀随笔写作的标识——应该具有极强的叙事能力,应该拥有精准的细节描写,还应该持有思想的高度抒怀。梁鸿关于乡土中国的惊悚般回忆和具有思想深度的讲述,具备了以上三种元素,因此读来令人胆战、震撼、思考，赋予了随笔写作厚重、阔远的气势。

"父亲和村支书的斗争，是童年最清晰的记忆。它是我对恐惧的最初体验。村支书那双犀利、威严的大眼控制了我好多年。每次走过他家门口，甚至是看到那个朱红大门、那座院墙，都会让我莫名颤抖。我不知道父亲的勇气从何而来，但我却看到这恐惧压倒了母亲，还有我们这些孩子的内心精神。"这一段书写，现在读来还是令人惊惧，作者并没有描写掌握权力的人的清晰面容和具体行为，只是通过描写权力者的大门、院墙来表现少年的恐惧，这样的侧面描写，反而加重了读者的广阔想象。但是还没有完，最可怕的是多少年之后，当重返梁庄的梁鸿"走过老支书家已经坍塌的院墙时，仍然有莫名的紧张，这个眼大如灯的老支书和他的房屋，是我童年和少年时代最直接的压力。"

这样"过去"与"当下"的跨越式对比，对当年乡村强权人物从强势走向衰败的历程，通过"威严的大眼"、"朱红大门"、"坍塌的院墙"几个颇具形象感的画面，看似随意但又清晰地进行了历史纵深的梳理。与此同时，她也将一些花花草草、卿卿我我的小随笔写作，远远地抛在了后面，在随笔的前面写上了浓烈的一个"大"字。读到这里时，我也蓦然明白了她为什么能够写出"梁庄系列",因为她有着生活的苦痛浸泡,有着痛彻的精神体验,有着对历史经验的深刻领悟。

童年和少年的"梁庄经历",让评论家梁鸿为后来的"非虚构创作"奠定了坚实的生活基础,最主要的是,"梁庄经历"让她拥有了写作"资本"。作家最大的财富来自童年和少年的生活,孤独、无助、凄婉等等不好的际遇,常常会成为写作者思想沃土中的"有机肥",并且最终酿成丰沛的养料,使得庄稼能够长势良好。

当然,梁鸿的写作养料,除了"威严的大眼珠子和朱红大门",还有"不知所措"。一个童年或是少年,最大的紧张就是"不知所措"。就像背对皮鞭,永远不知道打手什么时候挥舞鞭子,这才是内心最大恐惧的缘由。

梁鸿说"规则和惩罚一直伴随着我的整个成长过程。我常常有一种无所适从的感觉。不知道该如何处理自己的表情(就好像不知道如何面对这个世界),不知道该如何表达自己的观点"。

不知道该如何表达自己的观点,就是巨大的精神压力,就是恐惧。村支书威严的大眼珠子和煊赫的朱红大门,有可能成为梁鸿永远的"写作道场"。所以梁鸿感慨地说"当站在梁庄大地时，我似乎找到了通往历史的联结点"。

想要给自己在熟悉的评论领域之外重新开辟战场的梁鸿，在回故乡之路上得到了极大的写作援助，"这四年多的田野调查、阅读和写作给我的锻炼和启发不只是最终的那两本书。"

但是并非每个写作者都能拥有这样的"人生幸运"，也并非每个拥有"童年、少年惊悚经历"的人都能成为优秀的写作者，无疑梁鸿拥有自身的努力，这种努力来自深刻的阅读。

4

在《历史与我的瞬间》三个章节中，我喜欢梁庄的"历史与离去"，但内心更喜欢的是"文学在树上的自由"，这一章节字数不多，但字字精彩，可称为梁鸿的"读书笔记"。

创作谈和读书笔记，是窥见作家内心想法还有写作思考的瞭望台，一个写作者只要站在这两个台子上，关于写作的思考、视角、格局、宽度、深度等等都会被读者一览无余。

对于经典作品的阅读总结，梁鸿表述得极为凝练，字数不多，干脆利落，显示了她作为一个教授的职业特点。我熟悉的一位大学教授跟我讲，给学生讲课，必须要总结、归纳，要有一条清晰的线，而且还要凝练，这样才能有利于学生在茫茫大海中寻找落脚的礁石。

梁鸿的阅读笔记有讲课的特点。比如她在谈到布尔加科夫《大师与玛格丽特》时说一个关于良心的问题。这一良心并不仅仅是对尘世，更是对上帝，是对当时俄国知识分子的警告；还比如，她在谈到赫胥黎的《美丽新世界》时，她用了短短的一句话阐述——以发展为名的科技乌托邦的反乌托邦性，一个事物走向自己对立面的恐怖展示，对"唯科技论"的深刻反思至今仍有启发性。

如此简洁的读书笔记，读来真是心旷神怡。

还有关于纳博科夫的《菲雅尔塔的春天》。梁鸿写道："一个男人与一个女人不断相遇、不断分离的爱情故事。一种沉思式的叙述，其中，恍然的情感进展及内心的叙述最为动人"。

也有字数稍微长一点的，如读三岛由纪夫的四部曲《丰饶之海》《春雪》《奔马》和《天人五衰》。梁鸿讲，感受到作家与人的纯粹精神的迷恋，他所追求的乃是人的内在的纯粹性，为了这一信念，三岛由纪夫要抛弃世俗的一切细小的干扰。

这样"AK47式"的阅读评述，具有强劲的"杀伤力"，"枪击的伤口"明显而又豁大，读来过瘾，特别容易牢记。

梁鸿的阅读笔记惜墨如金，用词非常讲究。比如她对马尔克斯小说的理解：马尔克斯最深最透地理解了小说的实质。他用最大的胡言乱语说出最真的东西。他放肆地使用语言，从一个极端走向另一个极端，因此他达到了一种自由。马尔克斯是个说谎话的高手。他不对现实和读者负责，他只对他自己的心灵的真实性和小说的本质负责。

"放肆地使用语言"，这样的表述对于写作者来讲极有启发意义。尤其是对于正在某个关卡上徘徊、犹豫、不知如何前行的写作者来说，可能就是"醍醐灌顶"的作用。

5

在阅读《历史与我的瞬间》的北方初秋的日子里，我整个人都是懵懂的，完全沉浸在梁鸿营造的梁庄往事还有读书、写作的思考中。

那天，我去了家门口一家自助饺子馆。出门前觉得一个人吃饺子有点枯燥，应该喝点小酒。为方便携带酒瓶，出门前我把某种牌子的酒倒进"二锅头"的小酒瓶里，利落地揣

写随笔的梁鸿

进口袋里。

在饺子馆里,我一边吃着凉菜,一边等着饺子。擦桌子的伙计看着我桌上的"二锅头",忽然不经意地问我,带来的?我下意识地答,是呀,怎么了?小伙计随意的样子,接着说,我们店里也有。小伙计朝我笑了笑,走了。我"哦"了一声,想着梁庄故事,继续喝酒吃饺子。

吃完了饺子,走出小餐馆,我才猛然想起来,不对呀,满脸笑容的小伙计与我的问答,显然不是随意的,而是机智地"盘问",他是怀疑我桌上的"小二"没有付钱,从而用了另外一种方式——对话式调查。

我站在街头,想起梁鸿讲的故事:1986年,梁庄的人们被来自南方城里人的一次集体被骗。当时梁庄所有人在南方城里人的"热情"呼吁下,全都倾家荡产买来种子,在地里种上了麦冬。南方人许诺,将来收成后要高价收购……最后南方人没有来收购,他们只是高价卖了种子。梁鸿的父亲也同乡亲们一样被欺骗。那时梁庄的人们对于城市人没有任何怀疑,甚至对于梁庄以外的任何人都不怀疑,是全方位的深信不疑。

可是现在好了,一个乡村小伙计敢质疑城市人了,尽管我那天穿戴也还算是道貌岸然，但还是被小伙计机智地质疑。是的，中国千万个梁庄在对外界的质疑中不断地前进。说不定，那天质疑我的小伙计就是梁庄人、就是梁鸿的同乡。

完全可以预判，不知道哪一天，写完了非虚构和随笔的梁鸿，肯定还会写小说，她不会离开梁庄，因为梁庄的人们需要梁鸿来书写。我肯定会把怀疑我的小伙计的容貌讲给梁鸿，让她也写进她的小说中。

真心希望看到她的小说，最好是长篇小说，那样的话，我就可以再写一篇《写小说的梁鸿》了。

（写于2015年12月）

郭艳
郭老师

郭艳郭老师

1

很早以前我就想写一位大学校园里的女学者,那时候女学者在我心中的形象——像斯科特·菲茨杰拉德有句话"只想让世界上所有人都身着军装,在道德上永远保持立正的姿态"那样——应该是"立正"的姿态。那时我感觉"立正"两个字真是极具形象感,似乎再没有其他姿态适合女学者了。就这样,对于女学者单一、单薄的想象,在我思维定势中下意识地持续了很多年。尽管这样的印象从来没有与人交流过,也没有写过相关的文字,却莫名其妙地牢记在心中,很多年以来都不曾褪色,也不曾模糊。

前年初冬时节,在天津一次文学研讨会上我见到前来参加会议的鲁迅文学院副研究员郭艳——穿着深色中式立领上衣,冬风中始终保持微笑的中国社科院文学博士、北师大博士后——几乎不容分说,立刻让我想到了菲茨杰拉德那句话,想到了女学者生活、工作的姿态。

可是与郭艳的短暂交流以及往后不多的来往,我发现我对于女学者的"立正"印象太过偏颇,尤其是在阅读了郭艳诸多学术理论、文学评论以及她的长篇小说之后,我好奇地窥见到了女学者"立正"之外梦幻般的斑斓天空。

其实,发现当代女学者同样拥有色彩天空的缘由,首先来自郭艳的一句自嘲"女人念博士,就是一个从葡萄到葡萄干的过程"。读到这句话时,我禁不住笑起来。偶尔想起来,还能独自面对窗外,一笑再笑。

自嘲的人都很自信、都很有趣,尤其女人;而生活中能够自嘲的女人,肯定不是尖酸刻薄的人,平和谦逊的女人更容易得到别人尊重和友爱的靠近,进而获得事业上更大成功和生活的温润。

2

现在定居京城、来自安徽舒城的郭艳在 2004 年博士毕业后,用她自己的话来形容"一直忙于工作和家庭之间的平衡"。她没有将自己完全封闭在图书馆和大学校园、悄然地"由葡萄变成葡萄干",那样的话会是职业女性的不幸。聪明的女性会在自己生活之路上完全大众化,绝不孤芳自赏,该恋爱就恋爱、该结婚就结婚、该生孩子就生孩子,绝不会为了所谓事业而狂奔不停,放弃本有的生活乐趣。

有着宽宽的明亮额头的郭艳,是个聪明的女性,还在大学期间她就培育了爱情,一路幸福走来。丈夫是大学教授、律师,还有一个英语口语"超级棒"的女儿。郭艳将自己的生活打理得井井有条,她不仅没有把自己"由葡萄变成葡萄干",反而"让葡萄绽放出玫瑰来",面对坚硬粗糙的现实境遇,家庭幸福的郭艳开心平气和地进行学术研究和文艺评论。

郭艳将自己的研究视点对焦在"'70后'作家"和"'80后'作家",在"重建现代世俗生活精神的合法性"的框架下,精细地探讨年轻作家的创作得失。她认为在当下现代个体存在感日渐清晰的情况下,在审美现代性的维度上,作家个人主体性日益彰显。由此郭艳断言,当下中国青年写作开始显露出来中国当代文学自身的现代性美学特征,且在更大范围内将持续对汉语写作产生质变性的影响。

我喜欢阅读郭艳学术研究的文章,她从来不"就文论文",而是在某一个重要支点上,将视野拉宽、拉长,使得她的观点具有厚重的纵深感,读来又具有小说一样的气息。

比如郭艳曾说,中国当下青年写作者被抛入传统到现代的社会巨大转型中……是时光中的闲逛者,是生活夹缝中的观察者,是波涛汹涌资本浪潮中的溃败者,是城乡接合部逡巡于光明与阴暗的流浪者……由此从文学史背景而言,中国青年写作者与古典文学兴观群怨、怡情养性的诗教传统断裂,他们的写作,既无法直接和庙堂国家接轨,又无法真正回到自娱自乐的文人文化状态。

身为"70后"批评家的郭艳,面对同代写作者和他们的创作,始终有着清晰的定位,她不仅自己了解他们"出场的背景",也让被研究者知晓明晰,她用一句话概括了"'70后'作家"和"'80后'作家"的"创作背板"——"新写实之后,中国当代文学开始了一个无法清晰判别流派和现象的时期,正是在这样一个时间节点上,1970、1980年代作家开始出场。"

一个作家的叙述应该准确、节制;一个批评家的论述应该精准、严谨，应像镜面一样明鉴光滑，不能有任何的羁绊。因为没有羁绊，才能没有混乱；没有混乱，才能更加清晰。

郭艳就是这样的批评家。

3

在丙申年初始的春节假期里，我一个人躲在天津郊外的居所里，认真阅读郭艳几十万字的学术研究、文学批评的文章，尽管与过年相关的各种信息和春节鞭炮声间或传来，但是心中并没有纷乱的感觉，就像早年阅读英国批评家特雷·伊格尔顿的《文学理论导论》，脑海中始终有一条清晰的阅读路径。

伊格尔顿将二十世纪西方文学理论发展变成了三条清晰的直线。一条是从形式主义、结构主义到后结构主义；另一条是从现象学、诠释学到接受美学；最后一条是精神分析理论。最为关键的是，伊格尔顿并没有梳理线索、归纳总结之后拍拍屁股、高深莫测地扬长而去，他还负责任地加以深入分析，从这些理论的产生和变化以及问题和局限进行认真阐述。伊格尔顿将"复杂变简单"，那些挂在批评家嘴边上的各种概念、各种主义以及名目繁多的理论术语，被伊格尔顿潇洒地"去神化",用自己独特的"理论手术刀"细致地梳理、分类,东方写作者面对西方眼花缭乱的文学理论,通过这本书的"摆渡",立即就会变得脉络清晰并清爽宜人。

在理论研究和文学批评领域中,严谨精准并且视角独特的郭艳,同样拥有自己理论阐述的"摆渡车"。她的"摆渡车"是什么模样?用最为简短的一句话讲,就是拥有自己的"关键词"。

"关键词"一说,源自青年批评家曹霞在一篇论述郭艳批评观和批评实践文章中的总结之语,应该说精准地总结了郭艳的理论体系。曹霞在那篇文章中分析道,假如把文学批评分为3个层次的话,依次是直观感受的书评、以文本和作家为核心的相关理论和在泥沙俱下乱象中提取独特精神特征与美学气质而形成关键词。

在郭艳关于"'80后'代际研究"的理论专著《像鸟儿一样轻,而不是羽毛》中,有着郭艳理论研究的很多"关键词",比如"反叛的气质""与传统和乡土经验的断裂""对城市文明的记忆与书写"等,正是因为郭艳没有直接沿用"审美现代性"这个熟悉的、现成的研究模式,并且还在当下理论界和评论界对"代际研究"的视角尚有存疑甚至不认可的状态下，敢于让"郭氏关键词"进入关于"80后"写作的研究中，足以显示郭艳的勇气。

郭艳重视"代际"研究，但不用"代际差异"完全取代"个体差异"，例如她把"80后"重要作家在集体分析基础上再进行独个分析，并且对每个作家都做了"关键词"的研究与提炼。

譬如，韩寒的特征是"反城市经验与考试制度"；郭敬明则是以"小时代里的张扬与自恋"影射当下个体自私倾向；张悦然是"城市公主梦与文艺范儿的女生"代表当下女孩"面对生活的姿态"；颜歌则是"城市影像中的自我写作"在小镇传奇中讲述关于命运的理解和感悟；笛安则以对"现代家庭内部伦理关系"的关注开拓了青春文学的疆土……等，郭艳进行如此繁复细致的工作，为将来他人对于"80后"作家的研究，从理论上提供了多重视角的可能性。

需要特别说明的是，郭艳的研究并非高屋建瓴在理论层面，也不全是在宏观上，她的研究策略是先有实践，再有理论；先有微观，再有宏观；逐步推进，直到瓜熟蒂落，最后明理在现。她对韩寒、郭敬明、张悦然、颜歌、笛安的研究基本上遵循这样一个程序：先从文本上入手、再到理论上的凝练，最后提出"关键词"来。

下面仅以她对蒋峰小说《恋爱宝典》为例，可以清楚地看出郭艳的研究特色。"阅读蒋峰的新作《恋爱宝典》，我始终在找一种说话的方式"。这是郭艳在对蒋峰写作之路回顾以及诸多作品梳理之后，择期一部新作研究的第一句话。

就我个人而言，我非常喜欢这样的评论，喜欢这样的作品分析，不干巴，而且具有某种悬念意味。随后郭艳开始进入分析研究程序，并且不断总结。

"这个文本完全屏蔽了乡野的情境，所以没有任何审美上的退路而言。蒋峰在这里是很大胆的，在某种程度上也是义无反顾的。由此，读者不要指望在蒋峰的这个文本中发现属于传统审美精神的元素。"分析到这里，郭艳关于"关键词"的提炼开始不动声色地显现，并且始终围绕着开篇所讲的"说话的方式"——"我"和作者之间不是同一的关系，而是一种能指和所指相互轮流使用的关系。

在关于《恋爱宝典》的分析过半后，郭艳明确指出，蒋峰的文本是解构的，在解构传统文学观念的同时，也一并解构了传统意义上的爱与文学。

在阅读郭艳的文学评论时，能够真切地感受到她是一位敢于判定的评论家，没有任何的迟疑、犹豫。例如她说《恋爱宝典》最有创新意识的地方，"在于它的结构、叙述方式以及复调式的故事。扑面而来的是纷繁的语词和密集的感知，大多数的句子都有一种叙述上的重量。繁复的表达和缠绕的语言，构成了一种很独特的叙述风格，既是口语的紧贴当下的语境，又暗含着某种调侃、揶揄乃至超出当下语境的企图"。

在读到郭艳一系列严谨独特的分析之后，一位"80后"作家的创作面貌其实已经清晰起来。最后，她为蒋峰开出的关键词也就浮出水面——青春之殇与文本实践。

郭艳的理论"摆渡车"制作轻巧灵便，仅用几个"关键词"作为车轮，辅佐清晰凝练的架构，轻盈地滑向作家的内心深处和写作迷宫，从而完成一次阅读上的"理论跳跃"。

4

郭艳除了在鲁迅文学院负责教学研究以及文学评论之外，每年还要写出大量论文性质的学术文章以及对重要刊物的掠览心得，同时她还舒展地创作小说。评论家写小说的不多，她不仅写了，还写得风生水起、令人刮目相看。

比如她的长篇小说《小霓裳》。这是一部书写高校博士生的小说，读这部小说，无论是叙述方式还是语言，跟十几年前阅读戴维·洛奇的名篇《小世界》时的感觉一样，但又有自己的鲜明特色——当今与往昔、故乡与学府、少年与成年之间一种隐秘的依存与互动。这种"依存与互动"悄悄地潜伏在不动声色的叙述中。

比如，"寝室里弥漫着一种野生花草的气味，一时间，空气里呈现出轻微的震动，像童年时在溪水中被游鱼碰到了脚尖的轻痒"；还比如，"这样的时代，知识女性无法占据五四时代的优势，那时的新女性只要剪断头发，放大小脚，穿一身蓝上衣黑裙子就行了，自信体现在对科学民主的信念上。现在的新新人类和新新美女体现在视觉上，高挑的身材加上亮丽的彩装，顷刻间就能大变美女"。这样"往昔与现实"的巧妙联动，几乎铺展在《小霓裳》的叙述之中。

阅读《小霓裳》总能让人有一种淡淡的忧伤，但这种忧伤又不是眼泪，还夹杂有着风趣和幽默，显示出来郭艳驾驭语言、掌控叙述的游刃自如，特别是她在关于故乡的书写中，更是呈现出来一种大历史的气势。这种"大"，又是极为低调的，不事张扬的"大"，彰显了一种叙述的野心。

比如，"屋子外面是更深的黑，乡野空旷的寂静中，大年夜几堆若明若暗的火光,照出了几千年的各色祖先"。这样的例子还有很多,很难想象待人温和的郭艳在书写这样的段落时,是怎样一种阔远、沧桑的面容。

　　郭艳小说创作不多,用她自己的话说"喜阅读、爱文字,闲暇之余从事写作",也就是说写作小说完全是她的业余爱好,但是能把爱好走到这一步,真是极不容易的一件事了,这让专门从事小说创作的人大感惭愧。

　　可能长期浸染在高校氛围中的缘故,郭艳与人打交道,习惯称呼对方为老师。我就按照她的习惯,也称呼她为"郭老师",况且我曾在鲁迅文学院学习过,她又供职在此,所以如此称呼,也就显得更加得体。

　　于是,"郭艳郭老师"便作了题目。

（写于 2016 年 2 月）

茶叶，或温和或凌厉

乔叶,或温和或凌厉

1

阅读乔叶的小说,很多时候很难把"乔叶"和"乔叶小说"联系在一起,好像距离比较远。

我与乔叶见面机会不多,相识十二年了,屈指可数的几次见面。偶尔回想起来,发现乔叶的表情十几年来没有什么大变化,始终都是谦和、平静的样子。初写小说时是这样,后来写了那么多让人记忆深刻的小说、得了那么多重要奖项之后,她还如过去一样,依旧低调而又温和地笑,看不出任何张狂样子。文坛这个名利场,在让好多人迈向天堂的同时,也让很多人下了地狱。比如有的人写作有了成绩,得到赞誉多了些,立刻大变模样,肢体动作走了形、说话音调变了音儿，更有甚者连性格都大变，特别是在公众场合，变得张牙舞爪、尖酸刻薄，身上戾气弥漫，让人在旁边着实替他（她）紧张、难受，恨不得赶紧背过脸去，实在不忍去看。人可以有变化，也应该有变化，十几年的时光逝去，没有任何改变也不符合客观规律。乔叶也是有变化的。比如在她温和的笑容下，隐有一丝不易察觉的孤傲以及在某种特定场合瞬间闪过的高冷目光，但这些微小的变化能够让人接受，不会使人生厌，也符合年龄增长所带来的变化。

可是乔叶的小说，十几年来变化很大。我想到的一个词汇就是"凌厉"。她在柔和语调的叙述下，每句话、每个字都是刀刀见血，毫不留情，庖丁解牛般把她小说里的人物放在砧板上进行"细致分析"，能让我们看见人物从皮到骨头的肌肉层次、每一根纤细的毛细血管乃至每一块骨骼的连接和构造。每每读完她的小说，都会有一种窒息的感觉。那些人物几乎都是戴着沉重的精神镣铐，而且命运走向也是不断地向黑暗深处下潜，让人揪心、惦念、心悸，阅读她的小说之后心情总是越发沉重，很久不能走出那种压抑的精神状态。我非常喜欢这种具有重量的小说，具有重量的小说又大都与悲剧紧密相连。乔叶的小说很少有皆大欢喜的结局，大都是滴着无奈辛酸的眼泪，带着忧郁惆怅的心绪。

2016年的清明前后，因为我的生活中忽然飘来许多令人厌烦的鸡毛小事，本来我就睡眠不好，这下更失眠加重，漫长而又寂静的夜晚，不善与鸡毛小事纠葛的我，就那么独坐，即使读上好长时间的书、打上好长时间游戏、看上好长时间电视也没有任何倦意，精神游移、飘忽。我变得麻木，变得无所谓，变得心生厌倦，甚至想要挥挥手一走了之。于是常想，正因为鸡毛轻，它们才不会沉底，才会在天上飞，你想不碰它都不成，它们热情洋溢地扑向你，你无法躲开。

就在这种极为晦暗的心情之下，我开始阅读乔叶的小说。蓦然觉得，能够把漫天飞舞的鸡毛快速驱走的有力武器，就是看一看优秀作家是如何书写那些漫天飞舞的鸡毛小事。

2

乔叶的中短篇小说大多书写河南城市、乡村那些小人物的日常生活，细腻，微雕一般，充满极大的叙述耐心。关于她小说的评论有着太多、太多，我不想在这里继续论述，因为那是评论家们的事，我想以阅读者的视角去端详她的小说，从中找出突出特点。

乔叶,或温和或凌厉

颇有意思的是,乔叶总是把她小说里那些性格鲜明的人物转移出去,不让他们(她们)在熟悉的故乡发生故事,到一个陌生的地方去,在那个陌生的地方还要遇见一个"不一般的他",然后再开始发生关于性格、关于命运、关于人性的激烈碰撞。

《塔拉,塔拉》里的那个"整天像上了发条一样活泼,手脚嘴巴包括头发丝儿都患了多动症"的老二,就是在"我"的"陪伴"下,在"将近晚上九点的时候"去了极度寒冷的呼伦贝尔。见到了"不一般的他"——"个子足有一米八,络腮胡子,短棉袄牛仔裤运动鞋,眉眼单看很平淡,可是凑到一起就有一种特别味道"的所谓的"地陪者"塔拉。

乔叶小说的最大特点,开篇就能让读者充满阅读期待。这种期待不是火光漫天,也不是战鼓阵阵,而是像石板下面的小草一样,慢慢滋生、逐渐强劲,最后猛然间小草变成遍地荆棘。必须要读下去,不读,心里像有什么事没做,总是惦念后面可能会发生什么。

乔叶另一部小说《在土耳其合唱》,"移出"得更加极致,从小说题目就能看出来,乔叶直接把她的小说人物"送"到了国外,送到了与中国有六个小时时差的伊斯坦布尔。在文学大师奥尔罕·帕慕克的故乡,"一行五人,两女三男"的郑州人和土耳其导游彭亮,在异国他乡上演了一场"中国故事"。注意,这里也有一个"不一般的他"——彭亮。

把小说中彼此熟悉的人物关系以及人物之间的"旧恨",通过"场地置换",让人物之间发生奇妙变换,继而产生"新仇"。在这方面,乔叶表现得极为执拗。那些即使没有前往"异国、异乡"的小说,乔叶也会通过其他途径来实现这样的叙事目的。譬如描写姐妹俩从隔阂到走近及至亲情拥抱的小说《月牙泉》,乔叶通过小说中"我"的关于"月牙泉"的遥想,再次固执地让自己的小说人物在精神上前往"异乡、异地"。

我看到的乔叶的几篇小说,基本上采用了这样的叙事策略,我想乔叶不可能偶发奇想才这样的,肯定有一条踪迹可循的创作轨迹——我想到了多年前的乔叶还有她一篇小说《打火机》。

那年,我在北戴河中国作协之家遇到了乔叶,当时她带着儿子去避暑度假,和儿子在一起的乔叶,完全就是一副小母亲样子,轻松的笑容、低声的话语还有亲昵的肢体语言。我清楚地记得,乔叶在清凉的北戴河度假之后,除了满载着母子亲情回家,还没有忘记作家的使命,很快发表了一篇叫做《打火机》的中篇小说。这篇小说我已经读过三次,如今重新读来,依旧令人揪心、压抑乃至呼吸困难。这是最典型的一篇通过场地置换、新的人物到来,从而让"过去的故事"有了新的续篇,并且将人物与故事重新赋予新的意义的文章。特别注意的是,这篇小说也有一个"不一般的他"——身居高位的"胡"。

我可能说得不太准确,大概就是从《打火机》开始,乔叶开始了她的"河南人在异地异乡"的叙事谋略,但特别难以置信的是,看上去有些相同的故事构架,却又不是简单的重复,每一次都能生发出来新奇。

许多时候,人生态度、人生境遇,不是由重大决策来体现的,而是由庸常生活中的细碎细节来表现的。一个人呈现出来怎样的生活细节,也就决定了这个人拥有怎样的思考生活的角度。这个问题在作家身上体现得尤为明显。

这让我想到了美国当代著名作家唐·德里罗。苏格兰有一家游戏公司,在肯尼迪遇刺41周年时开发出来一款"刺杀肯尼迪"的游戏,玩游戏的人站在游戏机前,可以模仿刺客奥斯瓦尔德,从刺杀地点的那家教科书仓库窗口,向肯尼迪总统座驾开枪。美国当代著名作家唐·德里罗，据说在玩这款无人能够准确射击目标的游戏时，他没有去想枪手开了3枪、4枪还是5枪，而是在琢磨枪声背后"被丝线操控的关节木偶的非条件反射的世界"，所以唐·德里罗能够另辟蹊径，从"另一个角度"思考问题，后来写出了异常精彩的长篇小说《天秤星座》。

同样喜欢从"另一个角度"思考问题的乔叶，北戴河休假回去之后，她没有去写轻盈的浪花、浪漫的沙滩，反而是写出了沉重的"火光"——"蓝色的火苗顺畅地喷涌了出来，夜空一般纯净的蓝色。一瞬间，整个房间的重量，似乎都集中在了这一束光上"。

爱笑的乔叶，当她面对现实生活中"海水的重"时，却写出了小说中"火苗的轻"，但又分明写了文学世界里的"海水的轻"和"火苗的重"。说到这里的时候，我想起许多年前风靡创作领域的"拓扑学"——这个近代发展起来的一个数学分支——莫非也启发了乔叶如此创作的灵感之源？当然，这只是我的一种主观推断或是个人猜测。

我不懂得"拓扑学"这门学科，但是有一位著名作家用了最为形象的比喻和解释，他说他有一次看到西班牙超现实主义画家达利的油画，画的是一个自然下垂的封闭状态的椭圆形的自行车链条，但其中下端又支出一截儿。拓扑学最通俗易懂的解释，其实就是简单的两个字——"溢出"。想想看，乔叶小说中的人物与人物之间的关系，原本是在一个生活系统内的并且彼此之间有着千丝万缕的联系，但是乔叶却运用"拓扑学"原理，让他们统统"溢出去"，到一个陌生的地方重新集合，展开新的搏斗、厮杀，于是在"老故事"背景下，"轻松"上演一场意义非凡的"新故事"。

3

把小说写得行云流水、光彩夺目的"小说家乔叶"，却"不小心"遮蔽住了"生活中的乔叶"。这是所有出了名的作家，特别是女作家特别无可奈何的事。我在写女作家鲁敏的一篇文章中，也曾禁不住有过同样的感慨。

太多的关于乔叶小说的评论、抛洒在文学名刊上的精彩小说，还有她诸多获奖的美好消息，给人留下乔叶好像天天都在废寝忘食创作的"劳模"印象，生活中的乔叶不是这样的。我不敢说她的生活五彩斑斓、彩练当空，但也是风景秀丽、小桥流水。我通过亲眼所见、亲耳所闻的大庭广众之下的生活长镜头、慢镜头、短镜头，还原一个"70后"小女人的日常生活状态。

2004年我在北京八里庄的——那个街上充满着浓烈生活气息但小院里却又是异常安静、恬淡——"鲁院"里认识了总是爱笑的乔叶。有一天"鲁院"广为传颂乔叶和几个女同学一起学习太极拳的消息。当时乔叶的师傅是我们班上比较年长的一位同学。大家四处打听，乔叶小说写得好，拳打得怎样？得到的回答是"乔叶这丫头聪明呀"，短短的一句话，大家都能想象出来，教乔叶打拳，一定是愉悦、快乐的事。这从一个侧面说明乔叶是一个很好相处的人。是的，聪明的女人不跟自己较劲儿，顺势而为，尤其是聪明的女作家绝不会让"小说状态"打乱自己的"生活状态"。

乔叶与人相处，在女性略为应有的矜持中，又非常随和，充满阳光般的友情。那年我们同期的鲁院同学、小说家鲍十去外地，经停郑州火车站，在5分钟的停靠中，乔叶提着一袋新鲜的水果去看望鲍十，因为没有买到站台票而未曾相见。据说乔叶那袋水果品种丰富、搭配合理；还据说她家与火车站有着不近的路程。"乔叶站台送水果"就像当年在"鲁院"学太极拳一样，也在我们"鲁三期"同学中热烈传颂，甚至有点奔走相告的意思。前两年，我们共同的同学、江苏作家庞余亮来津，短暂的相会中，庞余亮还提到这件事，羡慕得想要马上离开天津、立刻去郑州火车站经停。前几年我去广州参加《广州文艺》一个活动，不知道怎么也说起这件事，鲍十"呵呵"笑个不停，把本来不大的眼睛都给笑没了，而且不知道想起了什么，突然端起酒杯，一饮而尽。在很长一段时间里，搞得我们班的男生都在跃跃欲试，似乎都想去经停郑州火车站。

还有一件事需要"拆穿"，比如认识乔叶的人都以为她穿衣打扮有些保守，其实不是。有时候她的打扮颇为"跳闪"，甚至隐藏着新潮和反叛的味道，似乎她不是略为保守的"70后"，而是想要创新的"80后"或是"离经叛道"的"90后"。

举个例子，那年《小说月报·原创版》在黄山组织笔会，一天早晨乘车出发，在蒙蒙细雨的阴冷中，在惆怅的黛色大山背衬下，乔叶穿着深色上衣、扎着暗色碎花丝巾，拖着拉杆箱，赤脚穿着一双彩色的"十字拖"。这让穿戴严实的我们大惑不解，颇为惊讶。

我诧异地问她"冷吗"，乔叶抓着车门扶手，微笑着，平淡地反问我"冷吗"。看上去平淡无奇的两个字，却在"问"

和"反问"的架构中,突然显示出了生活的趣味。

4

乔叶在写小说之前,写过很多年的散文,出版过十几本影响很大的散文集。可能正是由于早年的"散文操练",她的小说在冷峻、凌厉、窒息中,又常常带着一种舒缓的"散文意味"。仅以小说《月牙泉》为例,请看下面颇具意蕴的散文化描写。

"柏油路上没有灯,但并不妨碍路的清晰。夜是有光的,自来光。在有灯的地方,灯的强悍又把这自来光给遮住了";还有一些带有哲理意味的散文笔调,"这个世界就是有这么一种人,他们不是用强壮来欺负人,而是用软弱来欺负人,不是用怒吼来欺负人,而是用哀求来欺负人"。如此的哲理性议论,看上去好像脱离了"小说的轨道",但细细琢磨又别有一番意味,也与小说意境相互吻合,好像没有这样的"闲笔",也就不是乔叶小说风格了。

我还注意到,乔叶喜欢造词。

"欣快"两个字就是乔叶的发明。在她很多小说中,这两个字经常出现,好像总是在叙述进程中,感觉作者在有些

"理屈词穷"时,"欣快"出现了。起先不太明白,但很快就能从字面上猜出来含义。于是觉得"欣快"很有意思,就像乔叶脸上永远的笑容。

生活在写作圈子里几十年,当然会认识许多女作家,我发现能够把创作和生活处理顺当得体的女作家——看上去一定是面目舒服的人,不会有凝结的眉宇,也不会有苦闷的嘴角——也肯定是一个"欣快"的人。

再说一件小事。那年中国百名作家热热闹闹地去参加法兰克福书展。在首都机场等待晚点数小时的国际航班时,许多人走来走去或是凑在一起海阔天空,看上去都有些焦躁、有些烦乱。我却看见乔叶安静地看一本厚书,很厚的一本书,仿佛航班晚点与她没有任何关系。再后来回国,在机场免税商店,又碰见推着购货车的乔叶。她问我,买啥?我说,看呢。她向我推荐,巧克力很好,给孩子买,不错。

那一刻,"读书、创作"和"巧克力、孩子",这两个风马牛不相及的事情,特别顺畅地联结在了一起,构成了一个女作家在文学创作领域阳光灿烂的同时,又能拥有安静平和的日常生活的美妙风景。

(写于 2016 年 3 月)

应该去认识
弋舟

应该去认识弋舟

1

准备落笔"弋舟"之前,觉得有许多话要讲,想象那"许多话"也会像他的小说一样飞扬起来。可当真想要书写"弋舟"时,却发现飞扬如此之难。面对他那些出其不意而又意蕴深长的小说,我觉得无论怎样起笔,都不好与他诡异、精致、忧伤、内敛、节制、反讽的叙述腔调相互靠近、相互吻合。一定要用与"那个人"相同气质的文字去书写"那个人",这是我 2015 年开始写作"七十年代作家印象"之初便给自己硬性规定的"写作动作"。不管能否达到这样的初衷,一年多来是始终努力向此设想靠近。

但,弋舟小说是个"另类",很难找到与之相互匹配的

"说明"文字。在阅读弋舟小说不短的时间里,我在四处寻找能够驮载文字飞扬的"翅膀"。

集中阅读弋舟的小说,是在2016年天气怪戾的阴历五月。那些日子,南方多地大到暴雨,北方也没有幸免,黑龙江、陕北一带还落下鹌鹑蛋大小的骇人冰雹。华北一带更是连续十几日阴云密布,不断有确凿消息说京津一带有暴雨,吵嚷多日之后虽说也下了雨,却犹如顽童戏水,始终没有大雨滂沱。就在人们仰望阴霾天空、议论纷纷之时,忽然晴空万里、彩霞满天,威严的气象台面对众多奚落之声,以严肃的语调辩解道"所谓暴雨,是讲这段时间总的降雨量为暴雨级别",嬉笑之余,让人们忽然享受到了天津小剧场听相声的效果。

当然,我还联想到了正在阅读中的弋舟的小说。

比如在他短篇小说《锦瑟》里被人唤作"老张"的那位枯槁琴师,"我是那么的衰老,心都像皮肤一样长满了褐色的斑,一个老年人应该具备的豁达我早具备了",似乎还没完,这位"一个老年人应该具备的豁达早就具备的"老张,却在面对浴后神态慵懒的女演员时,呈现出来如此矛盾的心理状态,"我用眼睛就可以呼吸到她们身体微酸的气味"。弋舟在极为凝练的文字中,惜墨如金地把一个老年人"内心与身体"

互不相让的纠结心态，极为精准地表现出来。

弋舟小说的风格，始终在不动声色、隐忍收敛之中，带着肆无忌惮的跋扈和某种无法言明的傲慢。熟悉得不能再熟悉的字词、语句，经过弋舟重新排列组合，立刻呈现出来一种"陌生而震惊"的效果，让人想笑又不能大笑，想哭又不能大哭，只能会心一笑，只能欲哭无泪，或是很多天以后，突然想起来接着再笑、接着哽噎。此时，我好像理解了弋舟为什么对他的作家朋友要求那么苛刻，"他是否具有惊人的虚无感，同时，又有着惊人的理解他人的愿望和能力"；也明白了这个祖籍无锡、出生西安、成长于兰州的小个子，为什么如此喜欢《巨人传》里那个与众不同、从母亲耳朵里来到世界的高康大了。十几年前或是更早一些，记忆中从没有听说过哪个作家喜欢高康大。果然，弋舟趣味独特。因此阅读弋舟，感觉他的小说、小说人物以及他营造的"文学世界"和"现实世界"与众不同，甚至不可替代。

所以我要说，应该去认识弋舟，不会让你失望。

去年天津"百花奖"活动时，我和领奖的弋舟匆匆一面。在此之前我与他并不相识，但很早就听说过他。七年前因为某次文学活动我去甘肃，没有见到弋舟，但广泛地听说了他。

后来也不知道从什么时候开始，在重要文学期刊上不断看到弋舟的小说，还有他那些独具特色、颇具深度、来自心灵深处的读书笔记……这让我牢牢地记住了弋舟。在我准备写作"印象·阅读"这个系列的时候，好几位"70后"作家跟我讲，你的这个"系列"不能没有弋舟，否则将是一个重大遗憾。这话听起来，确实是需要几番掂量、反复琢磨。

2

短篇小说《我主持圆通寺一个下午》，是弋舟的早年作品。虽然写于十多年前，但今天读来，仍然具有反复阅读、反复咀嚼的强劲力量。

故事并不复杂："我"因为躲避兰城惯有的沙尘，住在了山上，让自己进入写作状态，但是遇见了上山来的朋友独化，由独化的一首诗《我主持圆通寺一个下午》，引出一个叫"徐未"的女人，以及一段压抑、悲怆的爱情故事（"徐未"这个人物，在弋舟的其他小说里也曾出现过，甚至在他那部令人爱不释手的长篇小说《蝌蚪》里作为一个很重要人物出现。看上去他非常钟爱这个名字，莫非酷爱书法、绘画的弋舟，心中向往着那个与"徐未"读音相同的"青藤老人"徐渭？）。

悲剧是由"我"的一个叫"赵八斤"的小伙伴精心谋划——"巨测的石灰被他均匀地铺撒在我家的窗下,并且一路逶迤,直到铺满了整排平房的后窗"——而发生,最后这个脖子很长的徐未因为"偷情"而造成"那一晚动静很大,我们都跑出来看",最后"她被警察用皮带反捆住双手塞进了吉普车",并劳动教养三年。这篇小说写得异常忧伤而又特别颓丧,读后让人心中坍陷很大一块地方,呼呼透着好像来自远古的凉风,不知用什么东西去填补。

从某种方面来讲,这篇小说是弋舟早年小说创作的"试验田",他把诸多实践都放在了这块"试验田"里小心侍弄,并调动了诸多"谋略"。首先是叙述。"它们被严肃地打印在白纸上,等待着在我的眼睛中成为诗";"那层石灰在稀薄的晨曦中像一层凄惨的白霜,几个巨大的脚印凌乱地留在徐未的窗后";"我绝望地发现,原来徐未的手也和她的长发一样毫无瑕疵,可以独立地构成我黑夜中的烦恼"。这种带有诗歌韵律的叙述,特别适合在下着小雨的秋季午后,与相爱的人一起朗读,朗读过后,相爱的人的双手肯定会慢慢合拢在一起,然后还会久久凝望。

再有就是人物描写。弋舟试图通过局部代替全貌,用局部的无限夸张附加语言的肆虐，给阅读者以强烈的感官刺激，继而牢记住他塑造的人物。"脸和脖子几乎是一样的比例，好在不是由于脸特别的短，而是由于脖子特别的长。脖子长到和脸一样的长度是一件非常可怕的事，那会令人面对徐未时总是处于一种不安的情绪中，你会为她担忧，担忧她的脖子会随时咔的一声折断，而向下跌落的脑袋一直会低垂到腹部"。如此令人称绝的描写，多少年过去你都会记得。如果这样的描写也会遗忘，内心将会感到特别的羞涩。

另外，聪明而狡猾的弋舟，四两拨千斤，仅用寥寥几个字，就把这篇小说的气场非常大气地做强，并显示出来小说疆域的辽阔，"那是一九八三年。具体到我的个人阅历，那一年代表着我十五岁，写《蝇王》的戈尔丁被授予诺贝尔文学奖，全国范围内展开了'严厉打击刑事犯罪'的行动"。当然，小说最后更是显得意味深长，"九十年代末的时候，我在街上见到过一次徐未，此时长脖子已经成为时尚"。

掩卷沉思，不由得让人唏嘘不已。那天，我读罢这篇小说，望着漆黑而又幽深的窗外，想起他在小说《锦瑟》里形容的那样"仿佛空气都变成了刀子，吸进身体里会锐利地刮割你的肺腑"，彼时的心情竟然完全吻合。

还有就是《我主持圆通寺一个下午》精致闪亮的小说，环环相扣但又不露痕迹，轻松自然。尽管这是弋舟的早期作品，尽管边角之处还会显露一些"用力"的痕迹，但足以说明，十几年以前的弋舟就已经显现出来"独特的文学气象"，还有挑战写作难度的思考与实践。

3

我忽然发现，再这样写下去，这篇文章就会变成"读后感"，或是所谓的"文学评论"，而不是"印象·阅读"了，"文不对题"那是一件糟糕的事，所以必须稍微转换一下话题，要有一点"装模作样"的"弋舟印象"。

但，这的确很难。毕竟之前跟他没有任何接触，也不曾说上半分钟的话，这该如何"印象"？但仅从见面招呼的瞬间，还有他看人时的心无旁骛的专注目光，我觉得他是内心谨慎的人，大概也是一个酒后经常懊悔的人。他如今的稳重和成熟，肯定付出过"血的代价"。他也曾在别人的不理解中，由一棵随意被摇动的小树，长成了一棵不能小觑的大树。很多年以来，他在频频举起酒杯的瞬间，大概也会经常回味久远年代时的内心孤独和忧伤情感。

还是回到他创作话题——我总是忍不住回到他的创作上来。

可能早期有过写诗经历，他的小说拥有优美的诗性语言。即使是在书写战争题材的小说，弋舟也会依旧"诗兴大发"。譬如忽略战争双方、紧盯"少爷军人"命运走向的"战争小说"《桥》。

"士兵们正在准备架设桥梁的木材，橐橐的伐木声回荡在身后。团长觉得那些被砍伐着的树木散发出了一种夸张的忧郁气息，这种只有新鲜伤口才有的气息令整个河岸变得伤感"。甚至讲述战争中惨烈的死亡，弋舟也要固执地用"诗性"去描述，像遥远的短篇小说大师巴别尔那样，让死亡带着更多的"美丽忧伤"。例如"团长眼睁睁看着那个失去了脸的人兀自从自己身边掉头跑开。那个人像是突然觉悟了什么，他向着后方拼命奔跑，仿佛目标明确，一转眼就没有了踪迹。后来兵士们在一片树林中找到了那个人的尸体。当时树林中挤满了扑翅乱飞的麻雀，那个没脸的人却用他的整个身体呈现出了一种惆怅的表情"。

这样的描写已经具备经典意味，已经可以当作小说范本去做文学讲座。写出了这样的文字，坐在众多写小说的高手中间，可以做到面色沉静、心态怡然，不用心绪不安地东张西望。

还让我感觉非常有意思的是，弋舟在不断呈现"诗性书写"之时，除了在小说中借助小说人物出现大量诗词之外，好像仍觉得不过瘾，还要不断给阅读者强化这样的印象。因此大量生僻字、生僻词组以及平时很少使用字词的出现，让他"诗性书写"的形象显得更加执拗、顽固。

"这么一个小镇少年，具备将来去凤凰城夜总会做少爷的潜质，却颟顸懵懂"中的"颟顸"（《蒂森克虏伯之夜》）；"橐橐的伐木声回荡在身后"中的"橐橐"（《桥》）；"当我抬头看到校门时，才从这种放诞的悒郁中回过神"的"放诞"（《怀雨人》）；"这样的事情就不成其为问题，无非一通申饬"的"申饬"（《怀雨人》）；"大家一边吃，一边心事慄慄的静候着潘侯弄出新鲜的花样来"的"慄慄"（《怀雨人》）；"某日，县领导，谈笑晏晏，酒量很大，酒后憔悴"的"谈笑晏晏"（《怀雨人》），等等。

在当下一些小说家尽量不使用不熟悉的字词从而显得老到、深厚之时，弋舟却是反其道而行之，怀旧一般地偏偏使用生僻字词，好像鼓起身上的肌肉，偏要与谁对着干，但是没有声嘶力竭,而是带着孤傲的微笑。我断然,假如有可能的话,他一定会用繁体字写作自己的小说。但,细细读来,这些生僻字词的出现,丝毫都不影响全篇风貌,用得极好而且随性自然,没有虚张声势的架势,也没有掉书袋的嫌疑,犹如一座卯榫结构的千年古建,似乎早就精致地矗立在那里,早就习以为常。

4

弋舟的小说大多以"兰城"为故事发生地,在兰城混沌的空气里,他去书写窘迫、书写绝境、书写无望、书写死亡。尽管书写的都是同一精神气质下的世间百态,但又有所不同,绝非简单的复制。

必须要说《怀雨人》,这是一篇有别于"兰城故事"的小说,与弋舟的其他小说相比,《怀雨人》显得更为迥异,有些特立独行。这是一篇纵横驰骋、行云流水的小说,也是一篇"智性小说",就像某位诗人所讲的"文学作品不仅接地气,更应该接天气"的一部"接天"作品。不知出于什么原因——也可能弋舟过于低调——这篇小说被埋藏在当下浩瀚的小说洪流中,似乎不被人知,也不曾被人提起过。

《怀雨人》讲述的是关于一个走路不辨方向、总是撞上大树、有着某种家世背景的哲学系大学生"潘侯的故事"。在弋舟的笔下，天才潘侯与现实格格不入，无论过去、现在还是将来，潘侯都是一个勇于"撞向南墙"的人，他在校园里的种种惊诧故事，仿佛就像《巨人传》里高康大的儿子庞大固埃在巴黎求学时的种种奇遇。

弋舟的"写作野心"和"创作抱负"，在《怀雨人》中不加遮掩，表现得淋漓尽致。他不仅把"时间"和"空间"这两个被马尔克斯和博尔赫斯运用得极为娴熟的武器拿在手中，而且随意从天上摘下飞过的充满想象力的字句，读来美妙无比、回味无穷。

"啪的一声，像某个有权势的家伙打了一个响指——那是大面积断电发出的声音，一块黑布兜头便蒙住了我们"；"我担心潘侯无法抵御这种陡峭的爱情"；"像表扬一匹马似的表扬一个女生"；"他退场的动静太大了，像一头巨大的鲨鱼破水而去"；"我们两个真可谓是一拍即合，转瞬就在单位提供的临时宿舍里彼此借助了对方"……

身材瘦弱的弋舟，通过独特的文字和别致的叙述，硬是支撑起了一部体量庞大的作品，并且驾轻就熟，张弛有度——这是一篇应该好好打量、认真琢磨的小说。

多年前，我曾经写过一篇读书笔记——《为什么没早认识佩德罗·巴拉莫》。在那篇文章里，我讲了没有早些阅读胡安·鲁尔福小说的诸多遗憾和感慨。现在我特别想把书写弋舟的这篇文章，也做相似的命题——你应该去认识弋舟，认识晚了，你会遗憾。

关于弋舟的"印象"写完了，关于弋舟的"阅读"说完了，忽然想到了酒。听说对异性审美标准是"肩膀圆润、脖子修长"的弋舟酒量奇大，而且只喝烈度酒，据讲喝上一晚都没有醉意，且还能目光纯净、话语收敛、镇定自若。

将来肯定会有机会跟他喝酒。抛开年龄、地域、性格、习惯等诸多因素，有酒作证，把酒谈天，还要仰望天上的明月，是一件非常愉快的事。

（写于2016年5月）

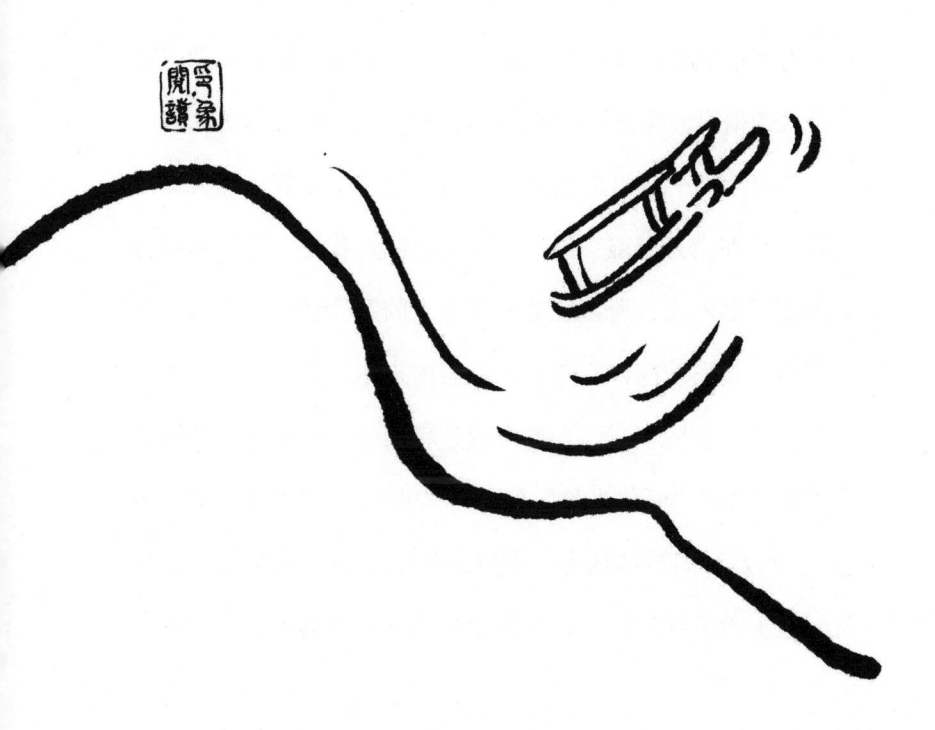

贴地而飞的
朱山坡

贴地而飞的朱山坡

1

与朱山坡相识在广西。很多年以后,我依旧会认定,与一个人的相识,地点是非常重要的——广西是朱山坡的家乡。

与朱山坡一起参加的那个活动,是一个比较热烈火爆的活动,是在六月潮湿、闷热的桂北地区。我是一个活动中喜欢站在后面的人,所以能看清许多人的肢体动作和真实的侧面表情,我发现同样喜欢站在后面的朱山坡是一个不言不语的人。或是骄阳下或是人群中或是餐桌旁的朱山坡,始终都是面色平静。"面色平静"似乎不太准确,应该是"不动声色"。我始终固执地认为,无论怎样的环境、无论怎样的天气,也无论怎样的场合,一个始终不动声色的人,肯定是一个做大事的人。眼下朱山坡做的大事，从他镜片后面那若有所思的眼神中，立刻就能猜测到他在做什么——屏声静气地写小说，安静地建筑自己的"小说宫殿"。大凡正在火热创作状态中的写作者，目光好像都会有些恍惚、游离。那飘忽的目光，在其他写作者看来，则是令人无比艳羡的状态。

很多年以前我就知道广西有个"写小说的朱山坡"，虽然在七十年代作家中，朱山坡不是一个大红大紫的人，但也是一个不容小觑的人。应该承认，经过十年的思考、写作，朱山坡已经拥有了自己的独特风景。大概发表于十年前的短篇小说《陪夜的女人》，让朱山坡在中国文坛"七零乐队"中，有了不可替代的"山坡乐声"。

也就是从那时开始，朱山坡用百多万字的短、中、长篇小说，不仅发出了自己的声音，也具有了飞翔的姿态。

2

朱山坡的小说，从题材上来看，大体分为两类：乡村和都市。但即使写城市生活的《灵魂课》、写大学校园生活的《驴打滚》，也依然在字里行间弥漫着来自乡村的气息。那种桂东乡村的气息挥散不尽，氤氲在他的文字中，似乎也只有把自己弥漫在乡村气息中，他才能更加叙述自如；也只有如此，他小说的内在意蕴才能更加饱满、丰盈。

坦诚地讲，我还是喜欢朱山坡书写小镇生活、小镇人物的短篇小说，尤其是书写"过去时的桂东乡村"，文字精致、叙述大气、视角诡异，在不事声张的低声讲述中，带着一种不可抗拒的凌厉攻势。

短篇小说《天色已晚》的故事很简单。一个贫穷家庭的孩子，带着母亲给的六块钱去镇上买肉，了却"可能是最后一次吃肉的、86岁祖母的人生愿望"，同时也包括"我的三个哥哥、两个妹妹，当然还有我"已经三个月零十七天没有吃肉日子的热烈向往。但"我"还是因为没有走进过电影院的长久诱惑，忘记母亲"把地里能卖的东西都卖了"而换回来的六块钱，同时必须用"六块钱买来三斤肉"的郑重嘱托，在不堪电影院收票人的奚落下，竟然花了两块钱，自尊地看了一场将要散场的电影，了却了多年来只能在电影院外面"听电影、想象电影"的遗憾。最后，镇上卖肉的在知道我只剩下四块钱的情况下，依然给我称了三斤肉，并在镇上所有店铺已经收摊的情况下，委托那个电影院收票人把三斤肉给了"我"。

贴地而飞的朱山坡

这是朱山坡近期的一个短篇小说,虽然在这篇小说里,他的小说内涵"电影——理想,肉——现实"充分暴露在外,他想要表达的"小镇少年的理想、普通人内心温暖"的想法也是直面显现,但我还是异常喜欢——喜欢他的文字,喜欢他潜伏在每个文字内部的叙述力量,喜欢他自由营造的那种怅然、忧伤、感人的文学气氛。

"邻居家传来的肉香,引起了我们一场舌头上的骚乱";"午饭后,我把钱藏在身上最安全的地方,撒开双腿,像一匹第一次离开马厩的小野马,往镇上飞奔,我的身后扬起了滚滚黄土""暮色从街道的尽头奔腾而来""安详的祖母躺在床上,她见多识广,老成持重,不像兄妹们那么急不可待,但也伸长了脖子"。朱山坡用这样简练而又韵味无穷的语言所构建的生活场景,会让心烦气躁的阅读者很快就能沉静下来,即使没有经历过那段困苦岁月的人们,也能从这样感情充沛的描写中,想象出来"能够吃上一块肉犹如人生大事"的那段不堪回首的困苦岁月。

这篇小说也就五千字,但每个有名字的人物都是活灵活现,"说我妄想用六块钱买一头猪回家"的肉行屠户老宋;"大家来认识这个小偷,今天偷看电影,明天就会偷看女人,将来会偷遍全镇"的电影院收票人卢大耳；当与银幕上《伊豆的舞女》中的熏子相遇时，"下意识地直了直身，伸长了脖子，睁大了眼睛。这将是我和熏子的初次相见，我还快速地整理了一下仪表，双脚相互搓掉了对方的污垢"的"我"。

朱山坡在"紧迫的时间"和"逼仄的空间"里，不仅观照有名有姓的人物，还为了营造小说的氛围，也让那些没有名字的背景人物独立鲜明地出现。

譬如"卢大耳说了，只对你收费，因为你'听电影'听得最认真，电影里的门门道道都被你听出来了，跟坐在电影院里看电影没有多大区别"的那些屠户老宋的同行们。这些屠户们虽然是以"声音"出现，但是每个人的肢体动作、脸上的表情，阅读者都能在心里把他们准确地描绘出来，并且栩栩如生地站立在读者面前。

朱山坡书写小镇上的各色人物，总会让人想起曾经影响过斯坦贝克、塞林格和阿莫斯·奥兹的美国作家舍伍德·安德森，想起十多年前曾被中国作家反复提起、挂在嘴边上的《小城畸人》。我是读过舍伍德·安德森再读朱山坡的，因此心里有一种特别的感受。这种感受，相信依照如此顺序阅读的人，心中都有那种感受——朱山坡的气势并不逊于舍伍德·安德森。尽管这样比较毫无意义，也不具备类比性，甚至也有可能对于低调的朱山坡不是一件好事，但莫名其妙的我还是想这样讲。况且讲出这样的阅读感受，也不会天塌地陷。记得徐则臣在"确立自己阅读标准"的进程中曾经这样讲过：要快速远离阅读中不可避免出现的那种"基本上见了大个儿的就当神儿，见了神就拜"的"阅读萌芽期"，从而才能快速走上了"三五年过去，你未必就比他们差，已经不比他们差，至少作品中一度神秘莫测的部分在你已经了然于胸的"那种"残酷且快意的阅读征程"。这样的阅读标尺，也是作家在写作进程中测量自己水准的内心标尺。

3

朱山坡描写苦难、描写艰难的"乡村小说"，带着"不动声色的锐利"。但这种锐利，绝不是一味地展示贫穷、绝望、困境，而是深入人心；但是穿过绝望、困境之后，最后朱山坡真正想要书写的，还是人的内心柔软，还是人的理想憧憬、温暖怜悯、意志尊严。尤其是对尊严的抒发，在朱山坡的笔下总是荡气回肠。

在朱山坡所有的小说中，"尊严"永远隐蔽在那些独特文字的背后，永远是他书写的主题，就像他的小说《回头客》里那个自尊的父亲，面对村上的流言蜚语，哪怕从来没有人面对面跟他讲过什么，但父亲也决不允许，甚至决不苟活，宁可把自己和船一同沉浸在水底，也要捍卫自己的尊严。

用生命抗争命运、挣回尊严，是朱山坡心中永不倒下的一杆大旗。在阅读朱山坡小说的那段日子里，我常常想象朱山坡在来到广西首府南宁之前的日子。在没有看过他的自述之前，我认定他过得并不愉快。看过之后，更加认定了这样的想法。

"我极力按照父亲的期待去做。参加工作后，我到了政府机关上班，我的目标是尽快当上一名副乡长，以满足父亲平生之渴。为了这个目标，我付出了十年之功却没能实现"。在朱山坡的自述中，"十年之功"被他轻松带过，但我相信有过"直接感受"或是"间接感受"的人，都能想象到在他内心之处的波浪翻滚，在生活的大波大浪中，只有尊严的波浪永远不会停歇，永远击打心灵的堤岸。

我始终认为，一个人可以做十年最重的活儿，可以十年不吃肉，可以十年不穿一件新衣服……这一切，都不能让一个人永生铭记，但是唯独尊严，一生之中哪怕有过一次尊严被人践踏，你都能永生记住。

为了"尊严"这杆大旗，朱山坡尽情挥洒自己的想象力，书写自己的生命主张。应该承认，朱山坡的想象力令人叹止。但是他的想象力，都起飞在他命运的雪橇上，不是天外来物。我能理解朱山坡，因为在我十八岁那年，曾经掌握我命运的车间领导，用手指着我的脸说"你还想写小说，我让你一辈子在我这里抡大锤，在我这里没有'飞鸽牌'，都是'永久牌'的"。就是那个人的这句话，愚笨的我才歪歪扭扭地走上文学创作之路。许多时候，那个曾经侮辱过你的人，会让你的尊严在日后变得异常坚固。那个曾经用手指着我脸的人早已消失，但他狰狞的容貌至今我还记得牢固清晰，每当读书、写作出现慵懒、懈怠的时候，那张脸都会神奇地飞到我的眼前——无论窗外冰雪、寒风，抑或闪电惊雷——让我拥有不可抑制的写作力量。

朱山坡是一个谨慎的人，所以他"起飞在雪橇上的想象力"不会漫无边界，肯定贴着带着尘土的地面疾速飞行。许多时候，一个作家写出怎样的作品、能够写出怎样意境的文字，完全是一种宿命，是早已放在那里的东西，只不过你取来使用罢了，它永远等着你，不会因为你迟到而让别人拿走。

我始终觉得，貌不惊人也不高大伟岸的朱山坡，面对小说、面对小说里的人物，像一个强硬的铁腕人物，始终居高临下地掌控叙述进程。他做得不错，就像他的为人处世，尽管内心孤傲，但总能做到不动声色。掌控小说的那双手，总能恰到好处地隐蔽起来。就像刚才说的，朱山坡对他小说叙述进程的有力掌控，不是"天马行空"，而是具有"贴地飞行的姿态"。

我在阅读朱山坡的小说时，总是感觉他的小说具有《十日谈》一样的文学气质——"虚构的情节"，让他的小说"连着天"；"真实的细节"，又让他的小说"接着地"。离地而飞，但又绝不虚张声势。因此，在他大气、从容的笔下，经常会出现怪异的人和怪异的小说。比如"与鸟住在一起的父亲"，甚至最后"跟随鸟儿，离家越来越远"的小说《鸟失踪》。这篇小说，让他的文学气质具有插上翅膀的傲然气势。这是一篇越写越飞扬的小说，虽然在我看来，这篇小说截至"最后讨厌父亲但又始终寻找父亲的母亲，最后忍着对鸟毛的过敏，也在鸟儿中间"时，我以为小说到这里已经很好了，不应该再有后面"大约是一年多以后的事了"多余的内容，但"瑕不掩瑜"，我还是觉得这是一篇"畅然飞翔"的小说。

4

我不了解朱山坡的阅读范围，但从他小说能够看出来，他被西方文学和中国传统文学两口大缸同时浸泡。他的故事是中国的，但讲述方法是西方的，最为难得的是，他把二者极为"友好"地融合在一起，看不出"隔"，也看不出"拿"，似乎这样才能"看上去很美"。

朱山坡在《鸟失踪》里这样讲父亲，"父亲回家的次数越来越少。有人在山里看见过他，他就躺在树上，那只鸟和一群形形色色的鸟在树冠上叽叽喳喳"。我记得很多年前看拉什迪的《羞耻》，拉什迪在描述那位做了18年鳏夫的老沙尔克时，也是这样如此的想象、描述，"他声音激烈，连床头的空气也沸腾起来"；《鸟失踪》里也写了住在树上的父亲，"母亲有些担心，想把父亲拖回家，但他不肯从树上下来"，甚至母亲不断给那个与父亲相好的贵州女人钱财，让她找回"在乌鸦岭接近峰顶的地方，在一棵高大的枇杷树上"的父亲。大师卡尔维诺也曾把那个著名的男爵狠心地放在树上，那个男爵也是不愿从树上下来，因为"我们的父亲男爵是一个讨厌的人"，但是讨厌的原因非常简单，"他的生活由不合时宜的思想主宰"。《鸟失踪》里的父亲，也是这样一位"由不合时宜的思想主宰"的父亲，像极了那位意大利人塑造的男爵。

如同其他七十年代作家一样，朱山坡曾经受到西方文学很深的影响，从他的小说构思乃至叙述方式，都有西方文学大师的影子。但"七十年代作家"最大的优处就是没有深陷其中，没有邯郸学步，而是踏浪前行，于是我们也就看到了，在他们身后飞溅起的不是"卡尔维诺浪花"，而是地地道道的"中国浪花"。

从叙述方式、构思方式以及想要表达的思想，朱山坡都是一个充满耐心的人。他具有强韧的摩擦力，绝不着急，慢慢地靠近经典。就像他自述的那样，"我突然变得不急，变得只有理想而没有野心"。但我想，"理想"过于书面，还是"野心"来得蓬勃、澎湃。况且写作者拥有野心，也并非一件坏事。你说呢，山坡兄弟？

朱山坡曾经崇拜川端康成，《伊豆的舞女》是他接触到的第一部文学经典，他曾经对天发誓，"想在《伊豆的舞女》身边立起另一座丰碑，但那么艰难那么遥不可及。然而，我的心一直在蠢蠢欲动，像一只蟾蜍要跳到月亮上去"。其实，现在的朱山坡不仅能跳了，还能自由地飞翔。

贴地而飞的朱山坡

飞翔的姿态有很多种，有人喜欢盘踞在高空，耀武扬威，但朱山坡的飞翔，属于贴地而飞。不要忘了，这样的飞翔更具野心，因为他的家乡广西有着魅力无穷的山水，贴地而飞，恰能让家乡的山水成为自己的美丽背景。

无论如何，朱山坡都是一个谨慎的人——"我肯定成不了大师，但努力成为一个一丝不苟的匠人"。我想要解读的是，只要转换一个角度来看，"谨慎"也是匠人走向大师的必要操守。

朱山坡是一个具有孤独气质的人，对于作家来讲，孤独并非不好，甚至具有高冷的哲学气韵，就像写出了《阿克拉手稿》的巴西著名作家保罗·柯爱略说的那样"爱是神的状态，孤独才是人的状态"。

（写于 2016 年 7 月）

写《陌上》的
何秀莹

写《陌上》的付秀莹

1

2016年深秋时节,在北方提前到来的浓霾之中,我读到了一部名叫《陌上》的长篇小说,它是这样开篇的——"芳村这地方,怎么说呢,村子不大,却也有不少是非。比方说,谁家的鸡不出息,把蛋生在人家的窝里。比方说,谁家的猪跑出来,拱了人家的菜地。比方说,谁家的大白鹅吃了大田里的麦苗,结果死了。这些,都少不得一场是非"。

敢像简·奥斯汀那样舒缓地讲述乡村故事,作者真是吃了豹子胆,莫非生活在世外桃源?要知道大洋彼岸的斯蒂芬·金,还有那个著名的唐·德里罗,他们创作的小说,早就使用惊险、悬疑来压住自己的阵脚,以此对抗美国纷繁多变的现实生活。小说不比生活更加"凶狠"、更加"狡诈",读者怎么能够睁大眼睛"津津有味地阅读"?每天都在面对"不可思议的生活"的人们,还能静下心来仔细端详"芳村的鸡、鹅、猪"吗?

国际安徒生奖获得者曹文轩这样推介《陌上》——"在一个失去风景的年代,阅读她的作品,我们可以随时与风景相遇"。是的,从文学角度来讲,"文学风景"绝不会等同"生活风景"。也就是说,书写"惊险社会"除了用好长枪短炮、匕首暗箭,还可以陡然一转,使用细长的刻刀抑或薄薄的裁纸刀片,就像麦克尤恩总是倡导的"结尾向前文的反戈一击"那样,用"简单"也可以书写"复杂",用"舒缓"也可以书写"陡峭"。

《陌上》的开篇,我读了好几遍。应该承认,《陌上》的"进入"确是有些"简单","切口"处的风景也有些"平淡",缺少"疾风暴雨",也没有"惊艳的彩虹",但是反过来讲,长篇小说的深邃、阔大、厚重并不介意"进入"的切口多么玄奥,多么令人瞠目结舌——比如美国图书馆借阅率最高的哈珀·李的《杀死一只知更鸟》,"我哥哥杰姆快十三岁时,胳膊肘严重骨折。等到痊愈,他再也不能玩橄榄球的恐惧也消失了,便很少意识到自己的伤残";现在已经成为老太太的英国拜厄特的《传记作家的传记:一部小说》,"我是在加雷斯·布彻尔声名远扬的理论研讨班的某堂课中途仓促做出决定的,当时他正在用那如泣如诉、轻柔悠远的腔调引述恩培多科勒的句子";还有被认为与福克纳的《押沙龙,押沙龙》"毗邻"的爱德华·P.琼斯的《已知的世界》,"主人去世的那天傍晚,摩西让其他成年人——他老婆也在其中——先收了工,拖着又饥又累的身体返回他们的棚屋,然后他自己又干了一阵儿。"——而是在"切口"呈现之后,叙事怎样推进、怎样扩张、怎样结构。再详细一点讲,怎样用独特的叙述让小说中的人物栩栩如生、怎样让栩栩如生的人物编织起来生活与社会的画卷、怎样让画卷呈现迷人的风采、怎样使其风采让人长久地思索。

在不太长但也不算短的日子里,在刚刚停了暖气的北方冰冷的屋子里,我是戴着毛线帽子阅读三十万字《陌上》的,感到这是一本具有"清丽柔美的韵致"的小说,仿佛在沐浴华北平原春天的和煦之风。每次掩卷休息,我总是在想,作者为什么要用这样的笔调写作《陌上》?为什么要大踏步地"退回"到汉语初始的叙述风格?

要想认识《陌上》，还要认识写《陌上》的付秀莹。如此，才能拼凑完整的"陌上版图"，才能更加理解《陌上》。

2

几年前我在《广州文艺》一次活动中认识了付秀莹。那时，她还是《小说选刊》的编辑部主任，恬静、温婉，说话声调不高，但是她讲的每个字，都能清晰地送达你的耳朵里。她个子不高，但看上去一点儿也不矮。她的气质让你必须重视她的存在。而且这种存在，被她精确地掌控，绝不是故意，更没有生猛为之，而是来自天然的性格；她与所有人都是礼貌地笑着，却又是没有任何拿捏，看上去非常舒展、自然。

我在见付秀莹之前，其实已经认识她——读过她的《爱情到处流传》。也正是因为读过这篇付秀莹的优秀之作，所以见到她之后，没有任何陌生感——她的文字就像她的人，精准地吻合，好像拓印过来一样，真的是"文如其人"。

付秀莹出生在华北平原一个小乡村，她生活的那个村子，"那里的人们，他们没有文化，却看破了许多世事"。我们认识世界的方式看上去很复杂，常有人讲，要阅人无数，才能让自己增长见识。其实去繁如简，真的没那么复杂，只要认

写《陌上》的付秀莹

识几个好人，再认识几个坏人，然后认真琢磨，看透其中好人干的坏事还有坏人干的好事，把这几个人彻底"压榨"透了，就能看透世上的所有人。人的本善、本恶都是一样的，就像每个人都有同样数目的骨节，不过就是大小而已、软硬不同罢了。天下所有的坏人，坏的招数不同，但归根结底就是看不惯别人的好；天下所有的好人，好的程度不同，但归根结底就是希望别人都好。

童年、少年生活在"那里的人们看破了许多世事"的小村庄的付秀莹，以及后来到北京语言大学学习、攻读文学硕士，让付秀莹能够拉开与故乡的距离，重新深度理解家乡。了解清楚了故乡，也就清楚了自己。付秀莹始终有着一望无际的平静和安然，相信她也有生活波澜，也有心中激情，也曾有过火花四溅，但已经拥有笃实的平静，就能对付更大的起伏。她绝不会让微弱的火花放恣燃烧，她能点燃，也能瞬间平复。烛光就是烛光，礼花就是礼花。在她心里分得一清二楚。

许多作家都曾经生活在"小地方"，都有自己"小"的标签。比如福克纳的"邮票"，比如麦卡勒斯的"咖啡馆"，比如刘震云的延津，比如张楚的滦南……付秀莹也有，虽然她在京城生活很多年，熟悉高校生活，也谙熟文坛规则。本可以"阳春白雪"，可她偏要"下里巴人"，坚定不移地钟情于她的"芳村"。

可能正是因为出生地、成长地的"局促"，反而促使作家日后仰望的视角更加宽广，更能书写"以小见大"的作品。所以沐浴乡村之风的"清明上河图"的《陌上》的出现，一点儿也不惊奇。付秀莹具备了"陌上风格"内在与外在的诸多条件。

我认定付秀莹的处世为人，以及她的文风，与她父亲有着密切的关系。她曾经在《爱情到处流传》中"泄露"天机，"父亲在离家几十里的镇上教书"，还有更加具体的"泄露"，"在芳村，父亲是个特别的人。父亲有文化，他的气质，神情，谈吐，甚至，他的微笑和沉默，都有一种与众不同的东西"。

一个在儿童以及少年时代与父亲持有生活距离而成长起来的女性，往往更加理性，往往更会处理社会诸多琐碎之事，也会更加深入观察社会、体味人生。这样的女性永远宠辱不惊，永远不会在突然而至的惊讶之中，让自己的回眸带着哪怕些微的错愕神情。

3

阅读《陌上》，我最为关注的还是作者的叙述方式。因为用怎样的腔调讲述故事，也就决定了小说拥有怎样的气质。一部小说，气质最为重要。语言可以绵柔，可以粗犷，可以嬉笑，可以怒骂，甚至可以七拐八绕、颠三倒四，那都可以称为风格、特点。结构呢，更是千奇百怪，哪一种结构，无论是否成功，无论遭到怎样的指责和讥讽，都会成为作者的一种新探索。可是气质就不同了，它注定了一部小说的命运，注定它们将要如何安放，是摆在人家枕边随时诵读，是摆在大学图书馆被人深刻研究，还是到了书柜底层落满尘埃，被其他同类欺凌、压迫，抑或刚从印刷厂热乎乎地出来就进了冰冷的纸浆池。气质是无法遮掩的，也是无法狡辩的，是有目共睹的，就像世界上所有民族都会拥有一个基本的大致相同的审美标尺一样。

《陌上》拥有自己"清丽柔美"的气质。它干净、整洁、素雅，带着乡野的清风，背衬着蓝天白云。

《陌上》清丽的气质来自华北平原上蒲公英的飘飞，更源于作者的叙述耐心，来自细碎之处的乡野气息的描摹，像极了生长在山坡、路边、田野、河滩之处的蒲公英的平凡魅力。

"翠台起得早，把院子里的雪都扫了，堆到树底下。水管子冻住了，她又烤了半天。接了水，做了饭，翠台迟疑着，是不是该去新院里叫孩子们。"描写人是这样，描写景物也是这样，"树影子琐琐碎碎的，落了一院子。鸡冠子花红得胭脂似的，好像是，马上就要红破了。美人蕉就收敛多了，肥大的花瓣子，嫣红中带着那么一点点的黄，艳倒是极艳的"。描写人物关系也是，"娘就是一个刁人儿。爹呢，却是个老实疙瘩。在爹面前，娘的气焰大得很"。简简单单的描述，就把人物关系说得脚踏实地。

付秀莹手中的笔自始至终都是"慢"的，看不出一点急躁情绪，就像她平静的笑容。她用"没有雕琢的清新"，将生活在芳村的女人、男人、孩子、村庄、灶台、水井、田野……一笔一笔地勾画。她用"好一副白描手眼"（李敬泽语），在讲述"三个女人一台戏，芳村的女人个个都有一台戏"的同时，已经重新拓展了乡土文学的疆域，让"荷花淀派"不断拥有新的面貌和新的解读。

《陌上》更是一次中国传统文学的张扬，不仅体现在叙述风格上，还体现在许多细微之处。比如目录的编排，《陌上》

大踏步地回到章回体，尤其是楔子，完全就是中国古典小说的再现，简明扼要地讲了刘家、翟家、符家的祖上、过去以及当下，还通过小卖部、磨坊、药铺、馒头车等以及各种节气的过法，用不多的字数勾勒出了芳村的风貌，讲述芳村的风土人情。然后接下去，再慢慢、细细道来。《水浒传》里每个人物的出场，都要先有一番交代，说清长相、身世、性格，然后再说故事。传统写作都不怕交底，不怕露出底牌，敢于上来亮出"剧本大纲"，让读者清清楚楚，这和当下盛行捂着、藏着、绕脖子的叙事格格不入，也与"曲径通幽"的叙事谋略背道而驰。付秀莹用与当下作家，特别是七十年代作家完全迥异的方式，历经大胆的"叙述冒险"，在荷花吹拂下，尝试新的写作路径。付秀莹的这次冒险，的确是大胆的，洋洋洒洒地写了那么多的字，头也不回地走了那么远的路，背影看上去如此坚决果断。

应该承认，付秀莹完成了一次颇有意义的对中国古典文学的敬意与追随。

4

阅读《陌上》的过程，正是北方连续多日的雾霾天气，窗外始终不见阳光与清风,应该本是纳兰性德"夜雨做成秋,恰上心头"的忧伤、抑郁的心绪,但是《陌上》突然逆袭而来,心情大悦。

"芳村这地方,怎么说呢,不过是华北大平原上,一个最平常不过的小村庄。村子里有男人,有女人。也有老人,也有孩子。鸡鸣犬吠也有,是非恩怨也有。"

是的,什么事、什么人都能在芳村找到,芳村不小,芳村很大,因为它浓缩了当下中国乡村五彩斑斓的生活图景,向文学长廊输送了许多鲜活独特的文学人物,最重要的是,"芳村故事"证明了"芳村女子"付秀莹追求"中国叙事"的不断努力。

(写于 2016 年 11 月)

「走出」高校的曹霞殿

"走出"高校的曹霞

1

青年评论家曹霞——在天津南开大学教书、来自四川宣汉、家在北京的川妹子。初识曹霞的时候,我们没有什么交谈,只觉得看上去年龄很小、眼睛闪亮、说话尾声上扬的她,身上散发着浓烈的高校气息,看不到一点儿市井里弄的喧闹,也没有灶台旁的烟火味,似乎在她周边矗立着一堵高耸的围墙,身材瘦弱的她紧固在围墙的里面,那堵围墙的上面,书写着工工整整的"高校"二字。

想想,认识曹霞是两年多前在天津某位作家的作品研讨会上,虽然我是主持人,但与她是一闪而过,没有留下过深的印象。真正了解她,还要更晚一点儿——不久前收到了她的两本理论、评论专著。我是认真的人，只要朋友送我的书，我都会看，要是感觉极好，还会"自作主张"地写个短评；即使有的书写得一般，也要看一看，还要整齐地码放好，绝不丢弃，我觉得这是对赠书者最基本的尊重。

曹霞的专著我是认真看的，因为她的《中国当代文学批评研究》和《文化研究与叙事阐释》，显现出了作者深厚的理论素养、拥有自己鲜明的观点，并且这些观点用独特的视角、严谨的论述加以承载，阅读后感觉她的文章有一种内在的力量，非常结实有力。

我喜欢由书识人。因为读了一本书，进而去了解一个人，无论多少年过后想起来，不管是忙碌的清晨或是惆怅的黄昏，都会从心底觉得这是一件非常愉快的事。

2

先后就读于中山大学和北京师范大学的曹霞，主要研究方向是中国当代文学批评、文学与文化思潮和女性文学。她曾主持过国家课题、教育部课题以及她工作的南开大学课题。从这些大致情况来看，能够看出曹霞心境的安然。得出这样的判断，还因为在过去的日子里，我很少看到她的文章热火朝天地出现在文学杂志或是报纸上或是评论刊物上，虽然她有在文坛上显赫的导师以及众多著名的师哥师姐、学弟学妹，但她始终没有借光，也没有激昂亮嗓，更没有闪转腾挪地寻找射灯的光线，挤上前台去拼命地亮招儿。她舍弃了许多抛头露脸的机会，让自己的身影不断地退后，一直退到浩瀚的书籍里，退到专心研究学问的"高楼"里。显然，这在当下"全民明星"时代，每个人都在借助博客、微博、微信来不断证实自己存在的年月里，有些不可思议，但正是这样的"不可思议"，又显示了这个四川女子独特的学者个性。

在这样个性的导引下，曹霞安静地做着学问。所以才有了在批评界让人耳目一新的"后革命叙事"的论述。这一命名与论述首先来自不声不响的曹霞，来自她潜心研究之后的学术论断。

学术严谨的学者，来龙去脉一定要梳理得一清二楚，不能有丝毫松懈之处，否则的话，不可能让自己的文字变成白纸黑字——曹霞就是在这样严谨的学术思想下，进行阐述她"后革命叙事"的。

曹霞说，现代"革命"的概念引自西方，在西方长期历史变革中，其意义也逐渐衍展，其后汉娜·阿伦特对"革命"

"走出"高校的曹霞

进行了追溯，认为从18世纪以来，"革命"均含暴力之意；到黑格尔的历史"必然性"和"规律性"论中，则发展到极端。紧接着，曹霞又引用雷蒙·阿隆的论断，重新阐释了"革命"，即是"在社会学的术语中，革命指的是通过暴力，快速地以一个政权取代另一个政权"。随后曹霞又讲，"后革命"一词由德里克提出，认为"后革命"有"之后"和"反对"两层意思。

年轻的曹霞就像生活中"宽打地基窄打墙"的睿智老者，在讲述了"后革命"的历史脉络之后，开始真切、准确地表达自己的论述，对于当下中国文学中"后革命叙事"是如何呈现的这个问题，她干净利落地给了三个关键词：告别、反叛和颠覆。并且举例几位风格鲜明的作家，对这几位的作品进行深刻的解读，用以说明、阐释三个关键词。这几位作家又恰是我喜欢的作家——韩少功、艾伟、格非、林白——这就让我的阅读呈现了一种快意。

曹霞说，这几位作家用他们的作品，对传统"革命"的书写，进行话语和叙事的颠覆，也是一次意味深长的"改写"，表明了随着中国经济和社会的发展，历史乐观主义和宏大线性叙事观都遭到了否定、批判和解构。

曹霞是如何解读这几位作家作品的？暂且不讲，留待下一章节。还是先说说曹霞本人吧，否则这篇文章就会变成一篇评论而不是"印象·阅读"了。那样的话，编辑将会退稿给我，写了两年的栏目也会就此终止。那可不成！

3

我试图去想象二十多年前，曹霞在中山大学中文系读书时的样子。当然，这样的想象肯定会依托曹霞本人的各种回忆，我一定不会像写小说那样去虚构。在找到她的回忆文字之前，我以为她的记忆会是从图书馆回来时校园里的灯光、寝室里同学们的欢笑，还有郊游时的流连忘返以及写论文时的焦灼。但是没有，这些大学时代一个小女生常有的庸常而又幸福的记忆，在曹霞稀少的回忆文字中都没有，留给她的记忆确是导师程文超跨上讲台时的姿态——轻俏的跃步、普希金式的卷发和气质、丰盈的声音和明亮的目光。我从这样深刻的记忆中，能够猜测出来，学生时代的曹霞是一个认真读书的学生、是一个稍微有点自闭的人。再做一个大胆的推测，有可能在她爽朗的笑声中，藏着离群索居的个性，这似乎也成为她日后在校园里安静地做着学术研究的最好前注。

当然，也显示了曹霞知恩图报的个人品行。在她的《文化研究与叙事阐释》一书的扉页上，用了很大的字号写着"献给恩师程文超教授"。把自己的著作献给一位去世的老师、献给一位再也不能给她任何帮助的人，单从这一点就能看出，曹霞是一个懂得感恩的人，一个遵从内心感受的人，一个没有功利心的人。

慢慢地翻阅曹霞书写的44年的"人生履历"，感觉像是阅读麦克尤恩的小说《甜牙》一样，"一章一章地读到最后，等待结尾向前文的反戈一击，等待你刚读完的那个故事，突然被赋予崭新的意义"。本来我先前推测她的"稍微有点自闭、离群索居"，但她后来的经历，完全让我的推测变得滑稽可笑。因为自从1995年她写下第一篇文学评论之后，迅疾开始了"颠沛流离"的经历——读书、工作、辞职读研、再工作、再辞职读博、再工作，而且行迹大江南北，还做过天天都要与人接触的记者工作，直到现在，又要教授来自各国的留学生。但，唯一不变的也是我没有推断错误的，就是曹霞始终没有离开文学。她始终站在文学评论的海潮中，不断地向前冲击，不断地用文字当作舢板去迎风破浪，最终要到达自己的理想彼岸。

4

现在可以开始说了,曹霞是如何用文本来阐述她的"后革命叙事"理论的,看她如何细细地捋顺自己的观点——仅以韩少功风靡一时的《马桥词典》为例,加以说明。

面对曾经引起文坛诸多争论的韩少功的《马桥词典》,曹霞有一个宏观的把控,她认为"这篇小说以'词典'形式对马桥的'革命生活'进行了戏谑式描写,从而使那些在传统小说中被视为正统化和神圣化的'革命运动'成为片断化与民俗化的存在"。随后她又进一步分析,"韩少功创造了一个异质性的词语世界,这些词语扎根于马桥人的深层意识和文化传统之中,却溢出了公共话语系统之外,从某种意义上来说,较之语言,作者更重视言语;较之概括义,作者更重视具体义"。

接下来,曹霞牢牢抓住"语言"和"言语"、"概括"和"具体",再进行深入细致的解释。她举例说,在《马桥词典》中,那些词虽然还保持着汉语词汇的原有形态,但其意义与我们日常理解的意义已经大相径庭。例如,"科学"被马桥人释为"懒";"醒"被释为"愚蠢";"觉"被释为"聪明"。是呀,醒着没事可干,那不是愚蠢是什么?还不如安心睡觉,安心睡觉对于无事可做的人,那不是聪明吗?在这些通俗易懂的"反说"中,《马桥词典》顺利地脱离了公共话语和社会共识,成功地与个体生命历程变得息息相关。

我记得毕飞宇在解读《促织》一文时,首先表明自己的态度,大意是:我是一个小说家,我不是评论家和理论家,我要做的事,就是从文本上去探究、去阐释。评论家曹霞也在做着一个小说家做的事,但她可能更加"扩张"一些。她透过微观的猫眼,展现宏观的局面;通过宏观的整体,去深挖微观的细微之处。

在对某个具体词条解释之后,曹霞进一步阐述,《马桥词典》用几个词语重点描述一个人的生活和命运,使得人物故事各自呈现为相对独立的块状,在块状和块状之间,又有着千丝万缕的联系,在一定程度上克服了线性叙事带来的盲点。最后总结,《马桥词典》的叙事者,不再像传统小说的叙事者那样讲述故事,塑造生活,"词典体"决定了叙事者是一个生活既定状态的收集者、编纂者和释义者。

曹霞在文本与理论之间,架构了通畅的桥梁,清晰地完成了理论的舒展铺排。我相信她的分析,普通文学爱好者都能看懂、都能理解，而不是像有的评论家那样，故意用理论去阐释理论，从而显得自己高深莫测。

5

显然，曾经把自己坚固在高校围墙里的曹霞，也在时刻发生着变化。她开始走出高校（她之前曾亮相全国论坛，只是不像有些评论家那样频繁），出现在一些研讨会上，但在"接天"的同时，也真切地"接地"。她刚在北京的大场面发了言，之后又来到千年古镇杨柳青，在 2016 年岁末的北方寒风中，为基层作者把脉，面对一位八十多岁老者的第一部长篇作品，她面带笑容，没有些微的居高临下，眼角、嘴角处也没有显露些许的敷衍应付，她是在认真评论，并且还写了书面文字。面对文坛大腕和普通文学爱好者，她真实、真切，朴实而自然。

我喜欢平和、低调、谦虚但又拥有才华的人（这样的观点已经说过无数次了），面对这样的人，无论年龄大小，无论社会地位高低，我都从心底尊敬，并且愿意奉献美好的赞誉。因为讲完这些赞誉之后，我的心情也会无比地愉悦。

有一点我坚信，将来曹霞无论怎样"出走"，她的心都会留在高校。"走出"不过是一次短暂的休息，她不会变成聚光灯下的人，她还是喜欢安静地去做一些深刻的研究。其实，"退守"与"走出"永远是相对的，是一种理性的平衡。

周末的下午是曹霞最为愉快的时刻。她要撇下所有的事，迅疾地坐上"京津高铁"，旋风一样赶往北京。因为在京城有她温暖的家，有她心灵休息的地方。我能想象出来，在风驰电掣的"高铁"上，曹霞依然是平静的，因为无论内心怎样波澜，她都会呈现安然的笑容。她会将内心所有的忧郁和怅然，让时速三百多公里的列车统统吹走。

然后，转过头来，依旧笑容灿烂。把所有应该倾诉的东西，全都深深地埋在心底。

不说，对谁都不说。

（写于2017年1月）

慢慢的
黄咏梅

慢慢的黄咏梅

1

很早就读过黄咏梅的小说，但没有见过她本人。后来广州一次文学活动中短暂相遇，在纷乱告别的餐厅中，说了一句初识的客套话，再一转身，她已经悄然离开了餐厅，走得平和、安静，没有一点热乎乎的喧闹。随后，几年未见。

2016年却是连续见了两次，一次是因为工作，在细雨霏霏的十月的南京、扬州、镇江；另一次是因为文学，在寒冷干燥的岁末北京。重要的是，两次相见之后，读了她厚厚的小说集《少爷威威》。

之前有些模糊的黄咏梅，因为小说，倏地清晰起来。

认识一个作家最好的方式，就是简单知道一点人生履历，然后去阅读他（她）的作品，再然后去想象、猜测、揣摩心中的那种"印象"。再理想一点的话，那就前往作者的出生地，就像来到远离莫斯科的图拉庄园，一定要坐在托尔斯泰窄小的书房里，从狭窄的窗户去遥望冬季的俄罗斯风雪。多坐一会儿，去细细品咂《复活》的开篇，也就知晓了托翁为什么要用那么多细碎的文字描写俄罗斯的春天，去描写大石头下面小草是如何生长。

记得细雨中的金山寺前，撑着雨伞，脚下的青石地面上跳跃着阴郁天空下细碎的亮光，周围是来来往往的游客，与再次相见的黄咏梅聊了很长时间，关于读书、关于写作，在这些文学话题的缝隙中，也知晓了她的生活状态。

过去我始终固执地以为她是浙江人，原来她是广西人。她在广西师范大学读完文学硕士后，曾在广州《羊城晚报》工作多年，后来到了浙江，在浙江作协文学院任职。兜兜转转，似乎与我最初"黄咏梅、浙江"的固执印象，算是有了最后的相符。

像她的小说一样，黄咏梅是一个不急的人。慢慢地说话，慢慢地走路，脸上也永远是缓慢的笑。我见过急的女人，女人要是急起来，样子非常可怕。而女作家要是急起来，面目更加令人惊骇。写小说不能着急，一心想要让所有聚光灯都照着自己，要让所有的鲜花都围拢自己，一定会把自己折磨得很惨，女作家似乎尤甚，着急朝着聚光灯和鲜花奔跑的人，结局大多支离破碎，也会狼狈不堪。不急的黄咏梅，肯定远离这种可怕。她不是那种野心蓬勃的人。永远微笑的样子，好像是一位经历过大风大浪的水手，细长的眼睛似乎早就看穿了喧闹的世间。

她把性格的慢，智慧地移植到了作文上。慢慢地写，慢慢地思考。只有慢慢的作家，才能写下这样摇曳的文字，"十二点，还早，魏侠就在华侨新村的酒吧街里慢慢晃，心里的企图，半明半暗"；也只有慢，才能拥有这样意蕴深厚的讲述，"被灯光照亮过的雪，是有记忆的，结冰时就把光锁在了里边"。

小说的味道永远不可能一蹴而就，而是慢慢溢出来的。像慢慢的黄咏梅，写那些慢慢的文字。

2

阅读黄咏梅的小说，一定要在慵懒状态下。百无聊赖的阳光上午，抛开了所有的庸常琐碎，斜倚在沙发的靠垫上，身子歪歪扭扭的，然后看她的小说，看她如何讲述羊城"问题少年"的"问题日子"。在夹带着英文的叙事中，在派对、靓女、响指、波霸、妈咪、发廊的元素里，社会边缘人物的日常生活逐渐显露出来。他们之所以没有远大追求，是因为不知道自己想要怎样的生活，就像《少爷威威》里的魏侠，参加派对、寻找美眉，甚至玩烧钱游戏，最后因为无聊参加"叉饭团"（陌生人聚会）而吸了大麻。

那么这个"现代少爷"，到底想要怎样的情感、怎样的生活？其实也很简单，最后魏侠"盯着那个女教练看，目测之下，女教练的年龄大约四十岁，身材依然保持得很好，胸、腰、腹、臀这几个关键部位都还紧致"，曾经追求年轻美眉的魏侠，还是走近了这个"但是，一笑，眼角的皱纹就兵分几路地包抄了她的年龄"的拉丁舞女教练，与女教练跳舞，成了魏侠一天最好的谢幕方式，并且迷醉在"女教练的头先是伏在他的肩膀上，接着，顺着音乐的节奏，慢慢滑向了他的脚后跟，他则用一只手托着她，头颅扬得高高的，做一副冷漠状。这组动作，魏侠完成得特别有感觉，似乎又找回了往日风度"的漫长日子里。如此看来，魏侠、魏侠们所要的生活很简单，只是最初懵懂不知，一定要在慢慢寻找中忽然碰到,然后才是恍然大悟。但是我们这个踩着"风火轮"到处都在忙碌的社会,能给魏侠、魏侠们慢慢"寻找、碰撞"的时间吗?

黄咏梅喜欢在小说中围绕一个人叙事,讲述"一个人"生活中的无奈、心中的焦虑、前途的迷茫,讲述无奈、焦虑与迷惘的原因则是源于"时尚"。就像当年美国著名书评人米尔斯坦评价凯鲁亚克的《在路上》一样,"极度的时尚使人们的注意力变得支离破碎,敏感性变得迟钝薄弱"。我想,这里的"时尚"不仅是指日常生活,也指内心,也包括精神世界。当人们发现自己的生活与自己的想象和追求发生摩擦、错位或是割裂时,常常会发生精神异变,也就是米尔斯坦所说的"迟钝薄弱"。

除了魏侠这个文学人物,黄咏梅另一篇小说《小姨》里的"小姨",也是给人深刻印象。

《小姨》也是"一个人的故事",主人公是一个把日子过得颓丧的人。"小姨常常窝在躺椅上抽烟,看看画,看看电视。时间长了,头顶的天花板上便洇出了一大圈黄,遇到梅雨天,潮湿格外严重的时候,人坐在躺椅上,会被一滴滴油一样的黄色水珠打中。小姨懒得去擦,反觉得有趣,抬头去数那些凝在墙上的'黄珠子'"。还有比这样的日子更无聊的吗？

黄咏梅喜欢讲述日常中人的精神绝望，这种绝望并不是凭空而降，而是与生俱来的，慢慢地，从轻到重，直至把人压垮。"小姨喜欢找那些无人问津的无名山爬，在爬山的时候，又爱觅偏僻的山路，甚至野路来走。"黄咏梅在书写这些孤独之人孤独生活的时候，还不是用绝望作为结尾，而是要给一个出路，但这种出路，不会是金碧辉煌，也不会是阳光大道，而是非常怪异逼仄的、常人看来不可思议的举动。"小姨集合了一群业主，共同拉起了一条横幅：'抗议政府建毒工厂危害市民安全'。除了这条大大的横幅，他们每个人手里还挥着一面小红旗，这些小红旗是昨天我跟小姨赶制出来的"，读到这里的时候，我以为这个孤独的小姨，可能会因为这次集体维权变得开朗起来，变成一个融入集体、群体中的人。但是没有，最后的小姨依旧还要孤独，还要走向极致，"花坛上的小姨猛地把小红旗往人群里一扔，迅速将身上那件宽宽大大的黑色T恤往头顶上一撸……裸着上身，举手向天空，两只干瘦的乳房挂在两排明显的肋骨之间，如同钢铁焊接般纹丝不动"。

黄咏梅貌似给了这些小人物出路，其实这样的出路，又何谈是出路？好像是更大的绝望，而在这种绝望之中，还要附上凄美的悲凉。

3

看上去温和、友善的黄咏梅，就是不想给笔下的人物任何温暖与呵护。她不动声色地揭开生活中的层层伤疤，要让所有人看出造成伤疤的原因。尽管她使用的是平静乖巧的语言，但依然不能遮掩她揭开伤疤时的尖锐和严苛。像《小姨》中的讲述者"我"，看见裸着上身的小姨时所表现的那样，"我站在人群中，跟那些抬头仰望的人一起。我被这个滑稽的小丑一般的小姨吓哭了"。

与人相处时，黄咏梅总是目光专注，认真地倾听，从来不会抢话，也不会打断别人的讲述，但是无人的时候，又是另外一种状态。在北京九届作代会期间，有一次我坐在大巴车上等待发车。因为临窗，恰好看见她和《作家》编辑王小王，站在路边似乎在等人，她望着远方，来来往往的人从她眼前走过，好像是与她无关的风，她的目光始终望着前方的天空。那一刻，她的目光迷惘、怅然，也夹有几分无人能懂的孤独。

记得很多年前，有一位朋友跟我描述某位作家，说这个作家大大咧咧，并且断言，一定是一个拿了东忘了西的人。另一个朋友立刻反驳，说他和那位作家熟得很，那是一个非常细心的人，而且还是多愁善感之人。要是没有这位熟悉朋友"揭发"，那位膀大腰圆、身材魁梧的作家，单看外表，的确像是一个马虎的人。但是又有哪位写作者不是细心之人？又有哪位写作的人不是多愁善感的人？

伴随作家一生的或是与生俱来的，可能永远都是孤独之感，所以黄咏梅也不会成为例外。黄咏梅不仅书写城市青年的作品具有孤独之美，同样书写城市小市民、乡村老年人的作品也是这样。

书写"一个人的遭遇"，从始至终都是黄咏梅的"创作主题"。

《达人》里的丘处机，这个因为爱看《射雕英雄传》而把自己名字改为丘处机的下岗工人，最大的爱好就是"坐在阶梯上，倚傍着门口那棵小叶榕，两只光脚垫在鞋面上，端着书，或低头或侧脸，乍眼看，像社保局门口放了尊雕塑"；还有《何似在人间》里的老年人，"死亡对于在松村活到八十岁的老人来说,再没有什么可担忧的了。地里的庄稼侍弄不动了,牛栏里的黄牛套不住了,锅里那一只小崽鸡也嚼不烂了,甚至,锁在斗柜里的那一沓钞票也保不牢被孙子偷偷摸了去花光了,他们还有什么可担忧的呢?"

无论这些"小人物"怎样的平庸,黄咏梅在有过严苛和悲凉之后,最后还是要捧送给"小人物们"人格上的尊严。所以,《达人》里的丘处机,"可以将一方冰徒手捧到冰鲜档,步伐从容,还不妨碍他跟旁的熟人打招呼,仿佛他手上那一坨亮晶晶的东西,是一捧淌着水滴的百合花,看起来很有风度"。同样,《何似在人间》里那个有着庸常生活的松村,特别是村子里那个给亡者最后安慰的抹澡人廖远昆,最后也是"他在河里泡了一整夜,松村的河水为他抹了一夜的澡,他比谁都干净地上了路"。

黄咏梅用百分之一的温情,送别小说里百分之百的芸芸众生,看上去的确有些残酷。她对温情的书写极为苛刻,犹如一道亮光忽然掠过。你若再去寻找或是固定那束亮光,发现已经消失了,一切归于寂静,一切都无声地结束了。但小说家就应该保持刺破生活、恢复生活原貌的勇气。

4

当下有太多的人喜欢宠物，黄咏梅也喜欢。她喜欢猫，但不是小女生一样的喜欢。她没有欢天喜地呼叫，到处张扬讲述、炫耀，而是沉静地深情凝望。面对猫时，她的目光犹如深潭。

去年十月，在南方一路走来，好像在西津渡的某条小巷子中。遇上两只懒洋洋的猫。一只黑猫卧在藤椅上，闭着眼睛，蜷成了一个圆；另一只白猫蹲在墙头上，似乎想要下来，似乎又要离开，身子拉得长长的。高处的白猫凝望矮处的黑猫。两只猫，油画一样呈现。黄咏梅用手机拍照下来，走了很远，还在回头深情探望。

一个喜欢猫的"70后"小说家，也有猫一样的性格——安静、敏感、内敛以及永远的静思。不会主动打扰别人，也不希望别人贸然打扰自己。永远坐拥自己的情怀，迷恋地眺望远方。

我发现，作为小说家的黄咏梅，与她生活中的状态一样。生活中少言寡语。小说叙事也是如此，无论叙述怎样的生活波澜，也不会张牙舞爪，就像她散文化的小说《父亲的后视镜》。

在我已经读到的黄咏梅的小说中,我觉得这是黄咏梅最成功的一篇小说,写得也最为激荡人心。当然,这只是一家之言。在叙述进程中,她努力克制着自己的激情,用平静得不能再平静的语言,讲述一个父亲平凡的生活,不平凡的情感,还有父亲的坚韧和博大。

这是一个跑长途车的父亲,这是一个曾经"出轨"的父亲,也是一个拥有温情家庭的父亲。怎样的温情呢?"父亲跑长途,远的地方,一趟七八上十天的,母亲就把父亲一件灰色的旧毛衣垫在枕头上,把手伸进袖口里,这样,她就躺在父亲的胸口上了,并跟父亲握着手"。

这个父亲去过很多地方,但是都没有下车,父亲面对儿女询问那些陌生远方时,抱歉地说你们知道,后视镜里看到的东西,比老王伯伯的风筝还飞得远,又远又小。但是面对孩子对外面的好奇和期盼,父亲终于神神秘秘地拿了许多照片给孩子,原来这是父亲央求厂里工会主席借了相机拍照的。但是这些照片拍下的多是公路牌,很多公路牌上的地名,两个孩子听也没听过。

读到这里的时候,我不知道作者该怎样继续讲述下去,也不知道该会发生什么突然情况。因为"渐渐地，我们不再满足看公路牌，我们吵着父亲要看风景"。后来父亲拍回来的照片越来越多，也越来越好看，他被路上的风景迷住了。但是出事了。父亲被厂里记过处分，还要负责赔偿货物损失。原因就是，"父亲开到贵州六盘水盘山公路，那地方刚下过雨，山与山之间正骑着一道彩虹，像年画里看到的那样美。父亲生怕彩虹消失了，连忙停下车，抓起相机……没想到，父亲停车的地方是盘山路一个转弯口，迎面一辆货车看到父亲的卡车时，刹车已经来不及，两相对撞，货车翻了。"后来母亲去世，父亲独自生活，遇到一位"好心"女人。但是这位"好心"的女人，以过年做卫生为由，卷走了父亲所有的值钱东西。

　　就像黄咏梅曾经的小说一样，往往会在小说最后响起惊天"炸雷"，要让那雷声永久震荡在读者的心中。《父亲的后视镜》也是如此，一辈子在路上开车的父亲，最后去了河里。父亲要在河里找回某种感觉。"父亲又回到了河中央，他安详地仰躺着，闭着眼睛，父亲不需要感知方向，他驶向了远方。他的脚一用力，运河被他蹬在了身后，再一用力，整个城市都被他蹬在了身后"。

读到这里,再强硬的人,也会被这用尽了一生的"蹬","蹬"得身心破碎,泪流满面!

5

了解黄咏梅,其实很简单。找个机会,从很远的地方,看她独自状态下的目光。那时就会知晓,写小说对于她来说,不过就是一种心境。

一种可有可无的心境。

(写于2017年2月)

信河街上的哲贵

信河街上的哲贵

1

不仅把众多色彩缤纷的人物"栽种"在一条狭窄、拥挤的老街上,还要让这些人物生活在永不移动的固定背板前,像艾丽丝·门罗和舍伍德·安德森一样,在针尖大的地方描述跌宕、奇谲的生命色彩。这就是喝酒喝到山花烂漫时,依旧能够不苟言笑、稳如磐石的哲贵。

出生于 1973 年的哲贵,来自生活车轮快速转动的温州。他书写的故事也大多是关于温州的故事。"温州"好写,因为辨识度很强;"温州"不好写,因为过强的辨识度,反而成为书写的桎梏。哲贵书写家乡温州,貌似找到一个看似容易发力,实则却是不好用力的题材。这也是许多书写具有辨识度高地方的作家所面临的一个共同问题。但反过来讲，又是一种具有难度的写作挑战。

毋庸置疑，改革开放的逐浪大潮把温州这个不大的地方，冲刷成了精神裂变的幽深峡谷，堆积成了金钱欲望的冷酷高地。股票、炒房、跑路……等等欲望、躁动的符号——在很长时期内甚至包括当下——极为顽强地贴附在了温州和温州人的身上。令人欣慰的是，温州的写作者却用沉静、笃定的姿态，呈现了温州另一幅文化、生活图景，并没有生硬地拼接、移植现实的温州。譬如王手，譬如钟求是，还有更为年轻的哲贵。

讲述温州故事很难，尽管温州时刻都在变化中，但国人却偏偏把温州固定为某种特殊的姿态，几十年来都很难撼动，从来不曾改变。这就需要书写温州的作家，如何能在世人不变的"熟悉"中，写出阔大的"陌生"。这是一种考验，更是一种涉险。但也只有涉险之后，才能展现熟悉中的陌生。

面部表情变化不大、动作有些缓慢、讲话从来不借助手势的温州作家哲贵，出道十几年来最为用力的一件事，就是努力打造一条文学老街。这条文学街道就是信河街。在某种程度上，"信河街"已经成为哲贵对家乡温州文学意义的精神瞭望高地。当然不仅是瞭望,还有真切的内心体验;不仅有真切的内心体验,还有持之以恒的书写。

哲贵,努力在让中国文学版图上拥有"文学温州"这个标识。文学版图要靠准确、真切的图景去呈现,书写者要有奇异的文学视角、独特的人生观点。

我们可以去哲贵的文学滩涂上游走、观察,立刻能够看到哲贵最新打造的一块巨大礁石——长篇新作《猛虎图》。在这块"礁石"上,我们会发现许多惊喜的"纹路"。比如,哲贵用小说人物伍大卫说道"再危险的人,只要在明处,就不危险了"。这个独特人物伍大卫,还让危险的人住到自己家里,理由更加大胆"如果离开我们家,他躲到暗处,危险起码大十倍"。这样的"纹路",总会让人禁不住驻足观看,因为从没有看到过具有这样"纹路"的礁石。

近些年,我书写了许多"70后"作家,大部分都是先读作品再识人,或是两者并肩而行。哲贵,却是一个例外。先知大名,后读作品。记得大约十年前,或是稍微更早一些,在和《人民文学》时任编辑、现在的副主编宁小龄通话时,他说正在编发的一篇稿子如何、如何精彩,告诉我那篇小说的作者叫哲贵,那是我第一次听到"哲贵"这个名字。后来又有编辑和作家,在没有哲贵的场合不断地讲到哲贵。一个不在场的人,被别人不断提起,显示了一种特别的气场。尽管所有的提及,好像都没有离开氤氲的酒精气味。

不爱笑、总是若有所思的哲贵,留着"一茬儿"的头发。穿休闲西装,里面圆领棉质衬衫,面容冷傲,但是彬彬有礼。坊间广泛流传,经常去健身房强身健体的哲贵,健身目的是为了更多喝酒。这让人惊讶不已。这些年,"写小说的哲贵"好像总是没有离开"喝酒的哲贵"。

哲贵喝酒姿态很是高冷,嘴唇贴着杯边,轻轻一抿,无论喝多少,都不会夸张地扬起脖子。他喝酒的姿态很像德国人喝酒。另外他话少,从不主动挑起话题,也不会毫无个性地顺着别人话题逶迤流淌。总之,就是无语。但只要你举杯,他肯定在第一时间也会举杯,与你保持同样的节奏,绝不落后你一秒钟。没有繁缛礼节,只有举杯时礼貌的目光对接,或是温良恭让的肢体语言。

北京冬夜的一次喝酒,让我结识了哲贵。那场酒局还有许多当下走红的"70后"作家,恕我不再一一讲出大名。那场酒喝得绵延悠长,颇为愉悦。走出酒馆,星空、清风、冷夜,还有他灰色棉质长衣的飘逸背影。

信河街上的哲贵

一个作家让人牢记，首先得益于作品。一个写作者，没有作品托举，加在名字前面的任何符号都是徒劳的。一个作家的标识度，首先来自鲜明的作品风格，然后才能转过头来，继续强化某种独特标识。

比如跑马拉松的村上春树，比如爱摄影的胡安·鲁尔福。如果没有《挪威的森林》，光是强调马拉松，村上春树有何意义？如果没有《佩德罗·巴拉莫》，光是提及摄影，鲁尔福又有何意义？

我特别想讲的是，在说"喝酒的哲贵"之前，永远不能忽略"小说的哲贵"。正是有了后者，才强化了前者。

2

长篇小说《猛虎图》讲了温州信河街上的陈震东如何在改革开放的40年里，从一无所有到身家上亿，然后再到一无所有。如此艰难浩瀚的人生历程，哲贵竟然仅用了16万字来完成。这个题材要是放在有的作家身上，肯定会一路撒欢儿下去，四五十万字都不在话下，甚至能够写出几卷本的浩荡之作。

在如今长篇小说越写越长的情况下，哲贵逆势而行，仅仅用了16万字就完成了自己的第二部长篇小说。似乎能够由此判断，哲贵是在中、短篇小说跑道上起步的，而且对于叙述有着极高的自我要求。阅读《猛虎图》，更能认定这样的判断。

《猛虎图》没有太多的人物，情节也没有肆意铺排，仅以十几个人物之间并不复杂的关系架构推进，简练的对话、精致的叙述，完成了一个"有趣而悲伤"的温州故事。应该承认，从叙述姿态上端详，《猛虎图》更像是一个大中篇。但又不可否认，《猛虎图》内涵的确是长篇架势。

在过去以及现在，我们总是习惯用字数来决定长、中、短篇，显然有失偏颇。这是谁的规定？写作《黑羊》的危地马拉作家奥古斯托·蒙特罗索有一个短篇小说，只有一句话——"当他醒来时，恐龙依旧在那里"。只要我们静下心来，就会发现在这一句话里面有着太多、太多的想象，而且只要想象下去，就能"看"到很广阔、很复杂的故事。

《猛虎图》也是这样，简练的叙述毫不拖泥带水。譬如小说主人公陈震东的出场。陈震东想要做生意，他要用两个甜瓜来贿赂工人父亲陈文化，争取父亲给他投资三千元，却没想到被陈文化两个徒弟给吃了。这两个徒弟一个叫陈铜，一个叫李铁，简称"废铜烂铁"。戏谑之中充满悲伤色彩。喜剧开场的小说，其实不容易纵深下去，也更不容易进行收尾，但是危险的游戏会更加刺激，作家只要有效掌控、独特布局，带有喜剧色彩开篇的小说肯定会产生奇异的效果。

阅读《猛虎图》，我有一个特别坚定的想法，字数多少并不影响人物塑造。比如小说开篇的"第一节"四个人物同时出场，仅用了一千多字，清晰准确勾勒出了人物特点，读者能够清楚地看到小说人物的眉眼和表情。这样精练的开场，反倒让读者充满了一种特别期待。

许多长篇小说，作者开篇便是追求宏远、辽阔，似乎只有阔大的开篇，才能显示"长"的气势。显然这是一种误读。许多优秀长篇小说的开篇都是从"小事"和"小处"着手的。远的有《复活》，托翁开篇描写石头下春天的小草；近的有《修道院纪事》，作者萨拉马戈让国王晚上到妻子的卧室去，在小小的卧室里面，开始鸿篇布局。

但是，我们应该承认现实，用中、短篇小说的叙述姿态去讲述"长篇故事"，需要作者极大的叙述耐力，不能有些许拖沓，发生一点问题，哪怕就是细细的一道裂痕，都会显得特别刺眼，都会在读者眼前炸裂。

《猛虎图》是一部到处埋着不易察觉的"爆破点"的小说,比如陈文化这个人,他是个倔强的父亲,刚出场时,面对儿子的求助,生硬简单,"有屁就放,放完就走,没见我正忙吗",在接下来故事进程中,陈文化变成了一个守旧的"背板","陈震东去看望陈文化,看见陈文化坐在一张藤椅里,藤椅下面绑着一堆砖头,走近了才发现,陈文化的身体被绑在藤椅上",用陈震东母亲胡虹的话讲,"不绑起来不行啊,一眨眼就不见了,一出门就往东风电器厂冲"。这样一个如此强硬的父亲,很快变成了"身体像一根枯草……脸上没有表情,眼神灰白色"的人,一个怀念计划经济体制下的守旧的人。这对于陈震东随后开始的在经济大潮下冲浪搏击的命运发展,起到了很好的"时代背板作用"。

不久前,阅读赵本夫长篇小说《天漏邑》、弋舟长篇小说《蝌蚪》,写这两本书的评论文章时,我都提出了"背板理论"。我也知道,这个理论并不新鲜。因为所有文学作品都会面临同样一个问题,人物置放在什么样的环境中、处境中去描写,这是很重要的一个问题,也就是你要书写的人物,应该拥有怎样的"时代背板"。哲贵在他《猛虎图》中,把主要人物陈震东放在了父亲陈文化这个背板之下,从某种意义上来讲,"陈文化"这个背板符号涂抹得越是色彩强烈,陈震东这个人物性格也就能够越发鲜明。

应该承认,"陈文化"这个背板人物,对于描写陈震东确实起到了应有的作用,起到了关键的衬托作用。当然还有母亲胡虹。因为篇幅的原因,不再赘述。

3

我还是觉得应该畅谈哲贵的中、短篇小说,因为这是哲贵的主攻方向,也是他的挚爱。

阅读哲贵的中短篇小说,总是感觉作者有双重身份。一面是不动声色、娓娓道来的"叙述者";另一面是手持工具的勘探者。无论风光如何、怎样绚烂,后者都不会迷恋、驻足,而是直抵风光中心最为柔软、最为残酷、最为心动的部分,在勘探快要结束的时候,始终隐藏在"讲述者"背后的这位"勘探者"突然摇身一变,迅速化作"毁灭者",把"讲述者"费尽心血搭建起来的故事迷宫全部毁掉。绝不会使用蛮力,只是轻轻一敲,所有曾经的风光与绚烂立刻粉碎。不要以为"勘探者"手里的工具是特别沉重的东西,很轻,就是一根羽毛。因为"叙述者"架设的结构极为轻巧,最后只需轻轻一碰，原本精致漂亮的结构就会全部坍塌，其结局令人唏嘘不已、回味不已。而这，正是哲贵希望的效果——用"轻"毁灭"重"。下面可以用两部小说来说明这个特点。

发表于5年前的短篇小说《倒时差》，讲述的是这样一个故事："我"从纽约回国看望病危但是对其没有感情的父亲，可是下了飞机，来到信河街，父亲已经去世。父亲的情人也来吊唁，母亲尽管与父亲关系不睦，依然要在精神上捍卫自己原配的地位。小说就是这样简单。但是作者却在这个简单的故事中，设计了两个小细节，也是支撑小说的两个构架。一个是，"我"回国后就开始"头疼"的细节；另一个，整体故事虽然发生在信河街，但却是从外向里延伸的，因为"我"在纽约还有一个校友——来自日本的八木良子。"我"在信河街期间，经常和八木良子视频，八木良子告诉我，她从日本刚到纽约时也经常头疼。《倒时差》的最后结尾，"我"的头不疼了，身在纽约的八木良子感叹道"看来你已经适应那里的生活了"，而"我"呢，"好久说不出话来"。《倒时差》很淡，故事淡，叙述淡，但是读后感觉意味深长。小小的"信河街"，有一根隐藏起来的线，不动声色地牵连了纽约、牵连了日本。于是小小的信河街，便有了"向外"的姿态。

比《倒时差》稍晚一年发表的短篇小说《施耐德的一日三餐》，与《倒时差》有着异曲同工之处。故事同样很简单：施耐德和谢丽尔是信河街上的一对再婚夫妻。两人感情不错，外人都认为开着一家机械厂的施耐德有钱，谢丽尔也是这样认为。因为施耐德戴着一个螺丝帽一样的大金戒指。但只要别人找机械厂、找施耐德借钱，施耐德总说没钱。每当人家问他没钱为何还能戴这么大戒指时，施耐德就会把手指上的金戒指扔到外面的河里。最后谜底揭开，施耐德手指上的金戒指原来是假的，是自己做的假货。为何不能借别人钱，因为凡是找施耐德借钱的人，都是能够"影响"机械厂的人，不能不借，因为只要借了，肯定不会还。于是施耐德用了"扔戒指"的办法，让借钱的人目瞪口呆。用施耐德自己的话讲"我像一只狡猾的壁虎，自断尾巴，逃过一劫又一劫"。小说到此，"谢丽尔站在那儿，不知道说什么好"。

哲贵的小说不是以故事取胜的，总是在云淡风轻的讲述中突然中止，然后叙述者把先前精心布置的宫殿砸碎，变成一地伤心的碎片。就像之前我强调的那样，敲碎"故事宫殿"的东西，不是精心策划的，就是漫不经心的、仿佛羽毛一样的一句话，或是一个轻微的动作。

4

集中阅读哲贵小说的时候，正是北方杨絮、柳絮漫天飞舞的时节。听说为了避免四月暴雪一般的杨柳絮，园林部门给树木进行扎针、注药，这样可以防止过多杨柳絮的产生，因为这些浪漫的杨柳絮已经给日常生活带来极大影响。但对于写作者来讲，又可能会给写作、思考插上想象的翅膀。也可以看作现实与写作的某些"隔阂"吧。

阅读哲贵小说、与哲贵短暂相识，总会让我想起法国作家帕特里克·莫迪亚诺的《地平线》，想起小说开篇的一句话，"对他（博斯曼斯）来说，这些片断将永远是个谜"。

是的，哲贵像个谜。相识他、阅读他，对于我来讲都是短暂的。所以需要不断地阅读、不断地走近。当彻底了解他以及他作品的时候，一定是件非常有意思的事，肯定还会有新的惊喜。

（写于 2017 年 5 月）

吉安吉水人 江子

吉安吉水人江子

1

与江子第一次见面,是在南昌,很多年以前。

那时候,江子好像是江西省评论家协会的副秘书长,后来又因文学活动多次相遇。几年过去了,如今他是江西作协的专职副主席。我在微信上经常能够看到他蓬勃的工作状态,也能看到他为江西作家取得成就时,到处摇旗呐喊的激动神情。那种神情是真情流露,每一个江西作家的成就,他都手舞足蹈、欢欣鼓舞。看得出来,他对自己的工作投入了巨大的热情,分摊了很多日常时间,割去了很多生活空间。

但关于他自己的创作还有取得的成绩,他说得不多,甚至语焉不详。就像他说不好的普通话,总是囫囵吞枣地一带而过。

其实,江子是个创作颇丰、文风独特的作家。他的工作成绩,掩盖了他的作家成绩。但江子在我的印象中,始终是一位作家、散文作家,与他职务没有多大关系。

这个1971年出生,本名曾清生的江西人,还有一个显著的特点,无论什么场合,总是言明自己是"吉安吉水人"。这样的特点给我留下深刻印象。在当下,总有那么一些人说起故乡,脸上带着鄙夷的神情,似乎故乡与他有深仇大恨,好像故乡欠下他万千银两,好像故乡曾经诡计多端地谋害他。江子不,在文字介绍或是与人相见时,总是下意识地在强调自己"吉安吉水"的身份。

吉安吉水在江西哪里?我一下子想不起来,脑子里没有任何方位。身材高大、头发稀疏、体格健硕的江子认真地看着我,斩钉截铁地说,距景德镇八百里。

用景德镇当作地理坐标,以此丈量故乡的方位,这里面肯定有着特别的原因。细细询问,江子终于讲出实情,原来他用了多年时间在写作一部关于景德镇的长篇散文。用他自己的话讲,"我迷恋于瓷器的光影、形色、人格和历史。我跟着一朵青花回到了它的故乡景德镇。我一次次地去景德镇"。

这是怎样的一部书，让江子如此痴爱、如此疯狂？以至于把他深爱的故乡"绑附"在距离八百里之遥的景德镇？

我想立刻看到这部书。我相信，这是走近江子最好的捷径。因为了解一个作家最好的办法就是去读他的作品。

江子把正在等待付梓、耗去他多年心血的长篇散文《青花帝国》发给我。字号那么小，却让我这个眼睛老花的人深入地看了进去。

昏天黑地，以至于很长时间都以为自己生活在景德镇，迷路在江子营造的"瓷是生活"的迷宫中。

2

在我阅读过的中外散文中——包括许多经典作品——恕我孤陋寡闻，似乎还没有哪个作家旗帜鲜明地提出口号，坚决不肯在散文中出现我们非常熟悉的一个字——"我"。

在散文创作中，其实最容易也是最多出现的一个字，就是"我"。可是江子发出誓言，绝不让"我"字在《青花帝国》出现。

除掉"我"字，意味着什么？他要颠覆传统散文的边界？他想要以怎样的写作姿态，重铸散文的文本意义？或是植入某种特别的精神内涵？

我需要慢慢思量，一个"我"字的去掉，绝不是一件小事。江子如此执念，也绝非一时兴起，肯定有着长久的酝酿和慎重的思考。

阅读拥有8个章节、15万字的长篇散文《青花帝国》，我不想逐章讲述感受，仅就《猖狂的画师》一章来看，已经清晰显露出来江子的"散文野心"，他目的非常明确，就是想要颠覆散文旧有的文本模式，冲垮原有的思想堤坝，要用一种尽可能陌生的面目，重新筑起另外一种"散文世界"。

让叙述者退后、再退后甚至完全消失，让叙述者所讲述的人物，没有任何障碍地出现在最前面，与读者面对面地对视。

在近两万字的《猖狂的画师》中，隐藏起来的叙述者江子讲了5位景德镇上的画师。时间纵跨明、清、中华民国数百年。5位性格鲜明的画师——昊十九、周丹泉、程门、邓碧珊、徐顺元——用他们各自的人生况味，就像江子自序中所坚持的那样，"我在书中用很轻的文字书写，怕吓着了瓷"的敬慕精神、用"我希望我的文字，也能发着瓷器一样的釉光"的写作姿态，一气呵成地完成了景德镇画师的全貌。

阅读《猖狂的画师》，一开始非常紧张，犹如很多年前在阅读马尔克斯的《一桩事先张扬的谋杀案》。开篇有着相同的质地：看上去文字显得很轻、很轻，但在读者面前却放下了很重、很重的悬念，并且拥有异常开阔的视野、毫无边界的想象空间。

《猖狂的画师》是这样开篇的："一个人在活着的时候，能不能把自己隐藏起来，让这个世界上的任何人都找不到他？这可能是明代中期、景德镇著名画师吴十九费尽一生琢磨的事情。"

《一桩事先张扬的谋杀案》是这样开篇的："圣地亚哥·纳萨尔被杀的那一天，清晨五点半就起了床，去迎候主教乘坐的船。夜里他梦见自己穿过一片飘着细雨的榕树林，梦中他感到片刻的快慰，将醒来时却觉得浑身都淋了鸟粪。"

江子用类似于小说的笔调，垒起"青花帝国"的第一块砖。他不仅让自己"跟着青花回家"，也要让读者与他同样"回家"。

一起回家，就要有相同的回家心境。

3

与江子几次接触，感觉他是重视历史细节、生活细节的人。

记得那年在赣南采风,在行进的大巴车上,他给我讲述当年赣南苏区的故事。他没有讲述全貌,而是讲述赣南人的生活细节。鼻子、耳朵怎么称呼;亲属关系怎么对接;地方上的俗语、俚语。还有当年国民党对苏区干部、普通百姓怎么进行惨无人道的杀戮……正是他具有质感细节的讲述,让我拥有了写作赣南的激情。后来经过数次采访、大量阅读资料之后,我写了多篇有关赣南题材的小说,现在想来这得益于江子具有丰饶细节的讲述。

再后来,江子除了行政职务,还多次与刊物结缘。他曾经任职过《星火》杂志主编,之前曾担任《创作评谭》主编。他始终行政、业务一起抓,还是具体抓,而且抓得井井有条。那时候我就感觉江子异常忙碌。他常常是一个发布命令的人,同时又是一个具体执行者。我从来没有从他语言的缝隙中,看出他有忙碌的疲惫。他把"发布命令"与"具体执行"完美地结合起来,仿佛青瓷上忽然掠过的一道亮光。

一个人精力到底有多大?在进行着诸多行政事务中,还能抽身文学创作,并且在文字中间看不出来任何匆忙、急促的状态。这需要具有内心的一种平衡能力,阅读江子的文字,能够看出这样的平衡。

江子的文字特点，始终是他作品重要的组成部分。紧密而又疏朗。"语言也是内容"，珍妮特·温特森这样讲过。虽然菲茨杰拉德没讲过，但也秉持这样的精神去做了。

江子始终在用"紧密而又疏朗"的语言去叙述，看上去永远心平气和，但是又能够随意之间溢出深刻的人生哲理。这种深刻的哲理，不会阻碍叙述的进程，而是完全渗透进如歌如曲的行文之中，丝毫不会突兀。阅读《猖狂的画师》，就是这样的感受。

江子选择的这5位景德镇上的狂士画师，各有各的"狂"，每个人都有自己的特点。

昊十九的"狂"，是想尽一切办法把自己隐身，因此"他在瓷器上签署自己的名号，总是显得随意，并且这种随意已经带有刻意的成分"；周丹泉，则是"把一个玩笑开到瓷器里的人，他所从事的行当是仿古瓷"；为同治皇帝画"婚瓷"的程门，则是"皇家的恩典、世人的追捧，并不能局限他那颗向往自由的心"；还有那个邓碧珊，虽然他"创造出了一个独一无二的以鱼藻为题材的艺术世界，视为可传后世的珍宝"，但是却"恍惚间疑心自己是瓷器上正翻过石桥的一名形容生动的樵夫"；最后那个镂雕画师徐顺元，虽然他雕镂的作品

"无论花鸟鱼虫,还是石山凉亭、花篮盘碟,都有神采,宛如活物",但徐顺元最后也把自己变成了街上的"活物"——"景德镇街头经常有一个疯子在游荡"。

面对5位令人唏嘘不已的画师,江子永远记得自己心中的界定,散文除了抒情、抒景,一定要有另外一种意义,这种意义就是要让读者进行深刻的思考。我们站在所有文体的远方尽情端望,"深入思考"岂止是散文的意义,也是所有文学作品的终极意义。不能让人进行思考的文学作品,那还有什么意义?

江子的散文,要把"我"去掉,就是担心这个"我"禁不住要抒发自己的内心情愫。所以他干脆去掉"我",堵住"我"的出路,可以放心大胆地让人物表现人物自己的情感。

昊十九,因为一直在隐藏自己,用了各种花样,至今人们也不知道他的长相,更不知道他的真实姓名,甚至连他的姓,是"吴"还是"昊"都在猜测之中。这个时候,作者江子消失了,但是他没有遁去,而是让自己潜入昊十九内心之中,我们能够听出他轻轻的感叹,"在人人费尽心思苦心经营以求自己的名号享誉瓷业、名垂青史的景德镇,昊十九根本无视景德镇的规矩,刻意让自己隐藏起来,任谁也找不到他"。

要知道昊十九的作品,也就是那件"娇黄凸雕九龙方盂",至今保存在台北"故宫博物院",那可是举世公认的珍品。只留下作品,作品的制作者退居幕后,退到完全消失。这是一个艺术家真正的艺术精神。对此,江子淋漓尽致地做了书写。

江子的作品不太多,但每一篇都力求写得充满新意。他在心里给自己定了一个高度,每一次都要努力向那个高度蹦跳,他不仅要简单地触摸,还要牢牢地抓住。然后接下来,站在那个达到的高度上,继续自己的挑战。

4

纳兰性德把生活中的落叶、细雨、黄昏……所有的生活景象都看作哀愁,看作怅然的情感。这样的态度,对于生活来说,可能有些消极,但对于文学来讲,则是创作的滋养。

"相逢不语,一朵芙蓉著秋雨。小晕红潮,斜溜鬟心只凤翘。"与意中人蓦然相见却又不能言语相接的心态,纳兰性德书写得百转柔肠。但更说明他心中是在意那个"她"的,否则不会有如此的心境。

吉安吉水人江子

江子也有一个心中的"她",也在意这个"她"。江子的这个"她",就是"瓷"。江子是我相识的文学友人中,直接声明心中爱瓷的男人。"我是被瓷器这种带有几分魔幻的物什迷住了"。江子发出这样的声明。

江子不仅亮出自己的最爱,同时也为自己爱瓷找出了理由,因为"瓷是哲学和艺术",同时"瓷收藏了月光与流水、火焰和坚冰。瓷坚硬如铁,可又脆弱如冰。瓷是卑微的泥土,可又是高贵的礼器"。

只有把书写的"对象"真正地理解透彻,拥有自己的真切体验,才能去真情书写。理解了瓷,江子才去写制瓷的画师。所以他才能把那些景德镇上的画师写得才情飘逸、性格凸显,让人心驰神往。

散文好写,散文又不好写。散文写出阔大幽深的意境、写出突然惊讶的哲理,更是难上加难,江子追求这样的意境。必须要说的是,《青花帝国》把江子的散文写作,加上了飞扬的精神气质,这是他创作进程中的一个至高点。难能可贵的是,他就像他记述的昊十九一样,把自己完全隐退在景德镇某个世人看不见的地方,做一个让任何人都找不到的书写者。

真正的书写者,就是应该退居到作品的背后,就是应该把"我"去掉。

"携带《青花帝国》去景德镇",这是我在北方依旧炙热的九月里发自内心的精神向往。也像江子那样——"我希望我能是一个温润如瓷的人,像瓷一样风雅、安静的读书人。"

这个吉安吉水人,向我们描绘了写书人、读书人的样子。这不奇怪,因为你只要向他的故乡远眺,你就能看到欧阳修、杨万里、文天祥、解缙……这些名士的精神背影。拥有这些伟大的历史背影,那是多大的精神富有。

羡慕这个吉安吉水人。此刻我什么也说不出了,只好借用一缕青瓷之光,轻道——

真好。

(写于2017年7月)

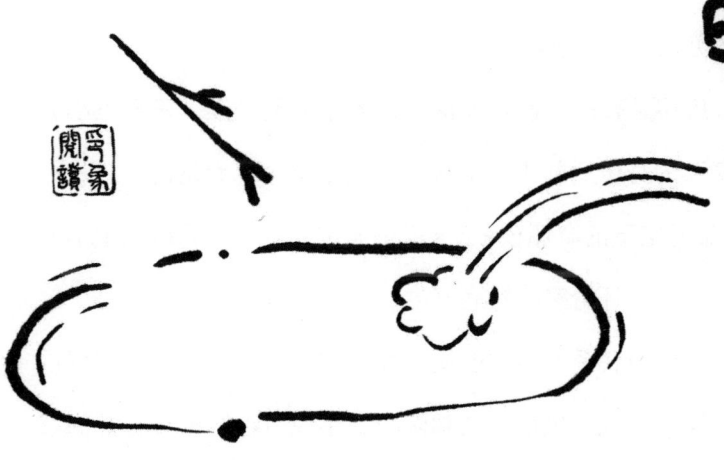

"挣脱开王小波"后的房伟

"挣脱开王小波"后的房伟

1

在苏州大学任教的房伟,是地地道道的山东人,他在2016年初以"特殊人才"的方式从山东师范大学出发,向南、再向南,犹如孔雀东南飞,最后栖落在了树木翠绿、安静优雅的苏州大学文学院。

房伟是教授,也是评论家,多年前他是以"研究王小波专家"的身份登陆中国文坛的,也是至今以专论的方式——《革命星空下的"坏孩子":王小波传》——成为研究王小波的"70后"评论家中的第一人。

与房伟联系不多,但他在我工作、写作经历中却有着重要标识:我现在供职的文学院与《小说月报》联合召开的第

"挣脱开王小波"后的房伟

一个作家新作发布会就是房伟研究王小波新作的会议;我在两年多以前开始写书评,接着写评论,至今已经写了数十篇,其中第一个书评就是写房伟的作品。这两个"第一次",注定我的70年代作家"印象·阅读系列"中必定要有房伟。

回想两年多前初识房伟还有阅读"王小波传"时的情境,依旧历历在目。那就让读者看一看那时的房伟是怎样的写作状态,以及房伟当时的"王小波研究"。因为不说王小波、不说房伟对王小波的研究,肯定不能全面认识当下的房伟。

2

我还清晰记得,当时正是突然燥热的北方5月,从月初到月中,我的阅读兴趣始终停留在一本书上。那本书就是房伟研究王小波生平、创作和精神轨迹的传记文学《革命星空下的"坏孩子":王小波传》(以下简称《王小波传》)。

我在阅读这部23万字的评论专著时,仿佛在沉重地翻阅"听说有个文学圈,可我不知道它在哪里"的一位文学天才生前局促不安但死后却又绽放夺目的"人生考勤簿"。如今想来,传记由评论家来"操作"的不多,不是一个普遍现象,那么评论家笔下的传主应该如何呈现?与作家的写作又有着怎样的差异？况且书写王小波这样在读者和大众眼中"顽主式"的传主，一定会给写作者带来极大的挑战。我记得当时跟房伟通话时，我说这是你具有难度的一次写作。我私下里自我揣测，觉得这部专著不应该被简单地看作是传记，应该是"评论式传记"可能更加稳妥一些。

让人稍感差异的是，房伟并没有因为传主"斜睨人生"，他便顺水推舟地采用同样的讲述腔调，他没有，憨厚的房伟"反其道而行之"，他没有依照传主的风格为其做传，而是用严肃谨慎的语调讲述、评述，他在把握总体风格统一的情况下，偶尔又不失时机、恰到好处地"诙谐一把"，于是文本与传主自身风格达成了默契的吻合，读来不仅轻松愉悦，又能令人掩卷思考。

产生这样契合的阅读效果，原因在于房伟对传主倾注了太多的情感，同时在情感喷涌之下，又不失学者的理智和严谨。记得当时在电话中他告诉我，他用了 17 年的时间研究、记录自己的研究对象，曾经采访众多与王小波有关的人和事，查阅了浩如烟海的文档资料，老实人用笨办法，于是一部可圈可点的《王小波传》诞生了，在我有限的传记阅读范围里，中国当下"70 后"青年学者中秉持如此认真严谨的传记写作

"挣脱开王小波"后的房伟

风格者，房伟应该属于第一人。

房伟不偷懒，不耍小聪明，他在与传主"亲近"之前，做了大量的与王小波亲人有关的资料搜集工作，他用时间做中轴，从王小波祖父、父亲写起，特别是对王小波父亲王方名做了一次详尽的"人生盘查"，试图从王方名身上找到王小波性格、精神形成的原因，在"血缘检验"中，由此找出王小波写作风格、精神走向的内在基因。当然还有对王小波妻子李银河以及王小波众多生前好友的采访。假如没有诚实之态，不可能搜集到如此繁杂琐碎的第一手资料。

《王小波传》让人体味到了房伟与王小波内心有着"心心相印"的感情。为什么这样讲呢？因为我从一个熟悉房伟的朋友那里，听到了这样一个感人的故事。

大概是1997年，那时候房伟还在山东一家肉联厂做工人，有一天他拖着疲惫的身体回到宿舍，当他无意中翻到王小波作品中"你坐在屋檐下，心里寂寞而凄凉，感到自己生命被剥夺了，我害怕这样活下去"时，他忽然激动不已，好像在那一刻找到了自己的精神教父，于是心潮澎湃的房伟开始去书店寻找王小波更多的作品，他通读、细读、研读，用真心倾听那位早已逝去的"脸色黄黑，嘴唇发紫，上身颀长，坐在凳子上，比他身旁的班长高出一大截"的骑士怪才的内心世界。

写作《王小波传》，房伟把自己化作了一架纸张粉碎机，他把王小波所有作品逐字逐句地进行分析研究，在所有作为例证"拎"出来的王小波片段作品中，无不有着作者房伟自己的美学追求与人生向往。

比如《我在荒岛上迎接黎明》中，房伟如此欣赏王小波这样的描述——"我在荒岛上迎接黎明。太阳初升时，忽然有十万只金喇叭齐鸣，阳光穿过透明的空气，在暗蓝色的天空飞过。在黑暗尚未退去的海面上燃烧着十万支蜡烛。我听见天地之间钟声响了，然后十万只喇叭又一次齐鸣。我忽然泪下如雨……"

房伟欣赏王小波这样的文学描述，那一刻一定想到了他自己在肉联厂的场景，想到了他当年的追求与憧憬。房伟与自己的传主一样，都是"在生人面前很腼腆"，但他们又都拥有"一个人只有此生此世是不够的，他还应该拥有诗意的世界"。作者与传主如此相像、贴近，写出如此精彩之作也就不足为奇了。

假如你没有看过《王小波传》，我在这里极力推荐你应该

"挣脱开王小波"后的房伟

去看一看。因为无论是叙事还是语言都极为精妙，没有一些评论家惯有的套话、通话，不枯燥、不乏味，妙趣横生；有时又会掠过一种空灵之感，在颇具张力的语言衬托下，《王小波传》更像是一部优秀的长篇小说。

王小波是个狂妄的写作者，他曾经在1996年时就讲过，诺贝尔文学奖至今只发对了两个人，一个是罗素，一个是伯尔。身材高大的王小波讲出的话也很高大生猛，但在这种狂妄不羁中，他又用自己独特的作品，为"狂妄不羁"做了谦虚的注解，道理也很明了，他拥有如此讲话的力量。

王小波是一个需要漫长时间才能读懂的作家，多少年之后，王小波会被后人不断地解读（现在已经被不断解读），并且不断地呈现独特的新鲜的风貌，到那时，房伟的《王小波传》会成为"王氏风貌"的解说词，王小波当年不知道在哪儿的"那个文学圈"，将会伸出无数双热情的手臂邀请他——他已经气宇轩昂地极不情愿地被加入了——相信王小波会嚅动着厚厚的大嘴唇，那一刻，谁都不知道他会讲出怎样惊世骇俗的言语。

这就是房伟写作《王小波传》给我带来的真实感受。

3

任何事都是一把"双刃剑"。通过研究王小波走上文坛并被文坛广为熟知,这也注定了房伟将要被王小波"幸福地桎梏"。是被王小波一辈子套牢,做一个"王小波专家",还是重新开辟文学新天地?我猜想,这个选择始终考验着这位山东滨州青年。

两年前,第一次在天津见到房伟,他给我留下了很好的印象。

那时的房伟,脸膛儿红黑,身材健硕,谈话淳朴,他曾经的工厂工作经历、曾经遭受的不公正对待,我都感同身受,所以那天晚上吃饭时,别人喝啤酒,我和房伟喝白酒;晚上到了咖啡厅,别人喝咖啡,我和他改成啤酒。我们同样喜欢热烈。我和房伟可能比其他没有工厂工作经历的人有着更多的共同语言。他在回忆当年肉联厂工作时,似乎并不在意身体的艰辛,而是颤抖精神上的绞痛。那会儿我看着他,无论怎样想象,都无法想象他是如何将手里的一把剔肉刀磨成一支钢笔的。在那"磨刀成笔"的背后,肯定留给房伟太多的生命思考。用这样的"生活之笔"写作,会比其他作家用力更深，更会饱蘸深情。也正是从那时开始，这位后来的文学博士、后来的中国现代文学馆首届客座研究员开始发表作品，不仅有评论，也有诗歌和长篇小说。但无法否认，"王小波研究专家"的身份始终没有脱离开房伟，标签一样粘贴在他的身上，既照耀他，又笼罩他。

房伟匆忙离开天津后，我们没有更多的联系，但能在微信朋友圈里看见他的行踪。后来才知道他调到苏州大学，并于2016年下半年在台湾东吴大学作为期半年的高级访问学者。

我从一些媒体里知晓房伟在台湾期间的一些活动，与台湾学界经常展开深入交流，同时还参加很多台湾学术会议与文学活动。在台湾期间他先后受邀在淡江大学、中央大学、台湾师范大学、佛光大学、东吴大学、台湾科技主管部门、文讯杂志社等高校、学术和文学机构，做过多场精彩的演讲与讲座，介绍大陆当下的文学创作情况和学术研究的前沿问题，沟通两岸学界的情感与友谊，引起了广泛的反响。

除了学术研究，房伟在台湾期间，还在网络上发表了许多关于台湾生活的短文与照片，看得出来，那段时间他是全身心投入。他也比两年前变瘦了、变白了，显得更加年轻帅气，又透着沉稳镇静。

当然，房伟所有的变化都不及他写作的变化。现在的他除了继续教学、写评论之外，还写起了中、短篇小说。就像当年评论家写传记并不多一样，现在评论家写小说也还是少数。房伟，又成为了"少数"。

我特别想探究现在写小说的房伟，是否意味着已经"挣脱开了王小波"，开始踏上另一条崭新的文学之路？

4

过去房伟写过小说，也出版过长篇小说。但因为各种原因，以前的小说并没有引起文坛更多关注，现在不同了，他的"抗战系列"短篇小说在一年多的时间里，一下子"抛"出来十几篇，不仅发表在《花城》等重要文学期刊上，而且篇篇都会引起关注和影响，大部分都迅疾被转载。特别是短篇小说《中国野人》在《青年文学》发表后，被《小说月报》《中华文学选刊》转载，随后入选当年著名评论家贺绍俊和吴义勤主编的文学选本，还入选了中国小说学会主办的 2016 年度小说排行榜，位列短篇小说第 5 名。

在我读到的房伟"抗战系列"短篇小说中，我感兴趣的是他发表在 2017 年《天涯》第 1 期、《小说选刊》第 2 期立刻转载的《杀胡》。我觉得这篇小说无论是叙事还是叙述都更有韵味，更具有探索性。相信到了年底，各种选本也会"蜂拥而上"。

《杀胡》的故事首先来自梁漱溟的一篇日记，由梁的二百多字日记引发而来。梁漱溟在1939年8月的一篇日记中，记载一个叫"胡家楼"的小山村，看见国军俘获日寇6人，一个名叫佐藤的士兵原是医生，梁与其谈话中感觉他有厌战情绪。后来梁在晚饭后散步，在夕阳下感叹战争错误与人类愚蠢。

就是这样一篇看似普通的日记，房伟要把它"改造"成为故事的发酵剂，重新将其组装，呈现新的叙事姿态：

战俘佐藤因为疾病原因暂留胡家楼，还留下一个愿意陪伴佐藤的同样是战俘的三桥。因为胡家楼太过偏僻，两个日军战俘被外界彻底遗忘。佐藤救了村中一位少女母亲的性命，族长挽留佐藤和三桥，让他们与村中两个少女成婚并受宗族保护。三桥答应，佐藤不答应。但佐藤却与那个少女有了肌肤之亲。后来日军讨伐队来到胡家楼，佐藤感觉自己中了山间瘴毒，与少女亲热时被咬过的地方腐烂并长出尾巴。小说最后又回到梁漱溟，不仅讲了梁在"文革"中的遭遇，还讲了梁的墓地周围盛产狐狸。这篇建立在貌似真实基础上的小说，结尾处却陡然翻转，有着神话一样的归笔。

初读《杀胡》，总觉得结尾有些突兀，但是再读才发现，房伟早就为非同一般的结尾埋置了诸多伏笔。比如在叙述中始终没有离开"雾"。

"雾"始终弥漫在叙事进程中。

"梁先生离去后，白色的山雾一直聚集不散""整个山村都湮没在浓雾中""在雾气中也看不真切""再出去看，人影却倏地不见了，只有浓雾还弥漫在山村""山雾很浓，远处野物的嚎叫，如泣如诉"，等等。

在这些亦真亦幻的浓雾中，那个被救村妇的女儿，在跟佐藤亲昵之后，终于讲出"胡氏一族，本为东海狐族，明末大乱……胡家避祸山中，得到异人传授，皆吸食月华为延命，至今已三百多年"。

胡氏一族拥有如此绵延历史，且还"吸食月华为延命"，日本人如何能够"杀胡"呢？显然，房伟在《杀胡》中的追问，不仅停留在人性层面，他还要继续上升，在更高处发出无声的质问。

《杀胡》浮现在文本层面的仅是冰山一角，巨大的冰山隐藏在浩渺的冰水之下。这样的叙事策略并非独创，但在真实历史背景下，糅杂神话传说，并且用来书写抗战题材的小说，这样"三点结合"的叙事好像不多。

作为评论家的房伟，过渡到小说家房伟，他没有任何不适应，很快就精准到位，比如他让《杀胡》拥有很多神秘色彩，在叙述进程中却没有故弄玄虚，完全是水到渠成。就像我最近读到的翁贝托·埃科的小说《试刊号》，埃科并没有过多描写秘传、谜题，却在极为诡异的文字铺排中，显示出了独特的神秘色彩。原因何在？就是在于营造了神秘的氛围，从而呈现了新的叙事格局。

"挣脱开王小波"之后的房伟，气势并没有被王小波局限，而是显得更加阔大，看上去也更加安然、沉静。

苏州的忧郁还有淡淡的惆怅，可能会让来自北方的房伟感受更多的反差。而对作家来说，反差的生活，更是一份难得的经历。

即使说上更多的话语，似乎也不能完全清晰呈现房伟的全貌。干脆就去读他小说。这不，《当代》刚刚刊发了他最新的中篇小说《猎舌师》。

我去读。你呢？

（写于 2017 年 8 月）

周晓枫，把丝绸舞成飞刀

周晓枫,把丝绸舞成飞刀

1

十多年前认识周晓枫时,她正在《十月》当编辑。以后她又兜兜转转几个地方,最后终于成为无拘无束的专业作家。其间我和她联系不多,但却始终固执地认定她是一个内心柔软的人,也是一个略带羞涩的人。显然,这与她的公众形象有些不符,如此定论于她,说不定会受到"抨击"。因为在许多人眼里,她的公众形象是酷烈的,她特别喜欢攻击,伶牙俐齿,眼到嘴到,几句话就把人逼到角落,让对方毫无还手之力,只能尴尬笑笑,摇头无奈。

最近接触稍微多了些,我赫然发现她的攻击是有选择性的,她"语言暴力"的对象,都是智商、情商很高的好友,她从来不对初次相识的人还有语言迟钝的人"发疯",像我等反应迟钝、她说第三句话还在琢磨她第一句话何意的人,她表现得相当柔和、祥和、亲和,原本提在手里的刀枪棍棒斧钺钩叉,瞬间了无踪影。仔细品咂她所有的"语言暴力",看似没有章法、貌似一片杂乱,其实心中早有既定的规则。所以这个语速很快、反应灵敏的北京大妞,做人、作文都颇受欢迎,无论走到哪里都是欢声一片。无论她做什么眼花缭乱的事,都能得到众人一致的"谅解"。

但,浑身铠甲的周晓枫也有露出"破绽"的时候。数月前一起采风浙江湘湖,那日在钱塘江边等待渔船,偶然扭头,发现她站立岸边,刚才还是欢声笑语,忽然目光悠长地眺望水面,安静沉思,全没有了餐桌边吃河蟹时的张牙舞爪、欢蹦乱跳。

无论什么性格的人都有百转柔肠之时,道高一尺的政治家,魔高一丈的哲学家,还有精神通达四海、面壁也能飞翔的圣人,都有一张旁人迷乱、只能自己辨认的"心灵图谱"。那一刻异常安静的周晓枫,与她平日风格迥然不同。那片刻凝住双眸、出神眺望江水的周晓枫,突然呈现出了孤独、脆弱、柔媚、感伤多种层面,虽然很快又手舞足蹈,但面对浩荡江水时的短暂迷茫、怅然的凝神，已经卸掉了平日满身的铠甲。直到这时，我才恍然看见多少年以前一位文坛老者向我描述的一个场面：那年周晓枫到南海潜艇部队采访，从战士们生活、战斗的潜艇下来，回到岸边上的周晓枫忽然双眼泪花闪亮，众人细问缘由，原来她是为了战士们那艰苦卓绝的生活环境而感动。

浑身铁甲、手拿利器的周晓枫，其实内心一派柔软，仿佛流淌、漫溢、闪亮的绸缎；她把最为独特、只有她知的情感，全都留给了内心的自己，留在了迎风飞扬的令人惊艳的文字中。

2

安静时的周晓枫，肯定不会歇息，她的精神一定在飞翔，像候鸟一样飞翔。

是的，候鸟。

她有一篇非常有名的散文，名字就叫《有如候鸟》。

这是一篇主线清晰、思绪飞扬、回味绵长的"大散文"：湖北、江苏、北京、加拿大、北京、肯尼亚……北京出生的年幼的"她"……从1974年到2016年的人生片段；鸟类迁徙与"她"的迁徙相互呼应、彼此关联。在"鸟儿和她"共同飞翔中,阅读者看到了作家在叙事与叙述两方面所追求的陌生化效果,还有感人的心灵震颤。必须承认,这是当下读者最希望作家所呈现的作品面貌。

阅读《有如候鸟》,内心始终揪紧,刚刚松缓,继续揪紧,转而震撼,始终在跌宕起伏中无限感怀。

写作高手所呈现的心灵震撼,绝不是大呼小叫、声嘶力竭,而是来自作者笔下细微之处的隐秘描写。比如作品开篇,讲述了"她"离开出生地北京、来到遥远的湖北外婆家,"她"对这个世界产生的经验是这样的,"蛛网悬挂虫尸,只剩萎缩、干透的皮壳或残肢——那是她最早见识的世间阴谋,轻盈又晶莹,美若魔法"。但是这样的经验又来自哪里?竟然是来自善良外婆那个"刺绣的绷架"。以后"她"正是带着这样的涉世经验,开始了居住地的变化、开始了迁徙。每一次迁徙都会给"她"一次撞击,这样的心灵撞击来自鸟儿,来自一个又一个的陌生地域,来自世间的经验。

比如在新的地方,"她"看到了可爱的鸥鸟,"恋爱主动方通常是雌鸥,它们在雄鸥身边娇娇滴滴、哼哼唧唧,亲昵地挨挨碰碰";"她"在鱼市也看到了鸥鸟的另一面,"店家用利刀刮鳞掏腹，赤红的鳃、乳白的鳔、灰的胃、黑的胆囊……大堆被扔掉的鱼内脏"。那么漂亮可爱的鱼儿，被人类变成了肮脏的样子，"她"会怎么想？还没有完结，"她"又看到了可爱的鸥鸟对于鱼儿死亡后的惊异行为，"鸥鸟狂喜而来，又带着狂怒抢夺。它们一边争食，抢掠破碎的脏器，一边凄厉尖叫着相互打斗"。

面对不断转换的"人与鸟儿"场景，年幼的"她"的内心世界又会怎样？这时候作者写道，"她知道，优美背后，隐藏着秘密的残忍与不堪"。阅读到此，禁不住倒吸一口凉气，但心中的疑问还在继续盘旋，依旧替"她"担心。

"她知道"，她到底知道了什么？是美丽鸟儿的"残忍与不堪"，还是人类的"残忍与不堪"？抑或人和鸟儿的双面人性、鸟性？

把文字变成洪水波涛的周晓枫忽然不说了，戛然而止，留下巨大而又诱惑的沉重的空白，就像她用坚硬铁甲包裹起来的柔软绸缎。阅读者，你只有像个勇士那样去砸开铁甲，在刺人铁屑的狂风飞舞中，才能欣赏周晓枫包裹起来的惊人的绸缎之舞。

3

周晓枫的写作"一直偏爱口音很重的文字",如她性格一样,总是把内心丝绸般的柔软隐藏起来,变成无数把乃至上百把凌厉的飞刀,上下飞舞,将尘沙扬起,把世间善恶看得仔细,然后又在丝绸之舞中尘埃落定,继续慢慢回味滴血的刀尖。不,还要把那滴血的飞刀,继续放在绸缎之上。她似乎特别喜欢这种强烈的反差,在这种强烈反差中去荡平心中所有的生活皱褶,继而与阅读者一起泣泪舒展,共同探望前方的微弱亮光。

比如《有如候鸟》中的"丘比特让人中箭,哪有不流血的道理""驱使伟大行动的,可能出自基础乃至卑微的目的";比如另一篇散文《离歌》中的"长期在自由里才能养成那种百无禁忌的天真""我们可以挑衅上帝,但必须臣服死神";比如早年散文《恶念丛生》中的"最有效的谎言并非全然的欺骗,而是局部的真理,最具杀伤力的,有时竟是那些看起来憨厚到笨拙的人""凡人的平庸之恶,是不易辨察的";还比如《浮世绘》中的"人心千疮百孔,盛不住一滴忏悔的眼泪""我们习惯了,河水会有血液那样的黏稠度,空气会有固体般的重量和煤烟般的气味"……

  周晓枫的书写，总是让我想到亚里士多德曾经告诫人类生存、思考的经验——"不要用斧头去开门"。显然，周晓枫深谙其理，所以她不用斧头，用飞刀。斧头可以洞开大门，清晰看见大门里面一切，但往往会转瞬即逝。飞刀不成，打不开大门，但是可以看见刀锋处透过来的光亮，更可以让我们去警醒驻足，去仔细地琢磨。因为只有长久地回味，才能永远心中牢记。

  周晓枫的散文，不仅有"口音很重的文字"，也常有"重口味的警言"。这是在散文写作中会经常出现的事情。但是如何把它们镶嵌在叙述进程中，不打扰叙述的节奏，不会显得突兀，这才是值得注意的。显然，周晓枫对此早已烂熟于心，像《有如候鸟》等知名篇章中警句、警言的出现，丝毫没有打扰阅读的节奏，而且惊人警句也没有飘浮在叙事进程的表面上，一切"叙述手段"都悄然拧结在整体叙述之中，看上去融为一体。

4

  智慧的写作者，总是让笔下的人物去流浪、去飞翔，不会在一个地方持久驻足。约瑟夫·康拉德在他的小说《在西方的目光下》里，各色人物从圣彼得堡到日内瓦，再从日内瓦回到圣彼得堡；布尔加科夫的《大师和玛格丽特》，所有的人物从莫斯科到耶路撒冷，再从耶路撒冷回到莫斯科。只有让人物和叙事流动起来，才能产生气流，才能在陌生背景下产生新的美学意义。周晓枫的《有如候鸟》《离歌》《恶念丛生》也是这样的设置，所以她才由衷地感叹道"深信这个世界有多少迁徙的脚步，就有多少流浪不羁的灵魂"。

《有如候鸟》是周晓枫重要的文章，我听许多人跟我讲起过这篇文章，这也是新星出版社不久前为周晓枫结集出版时，"不假思考"地用这篇文章做了书名的原因。因为这篇文章在呈现周晓枫写作理念的同时，还真情表露了她的生活脉搏，并且动用了小说的虚构写作手法。读《有如候鸟》时，假如从传统散文定义去读，可能会从"她"中读出作者从小住所不定、始终远离父母，继而联想到作者如何刚强、坚硬，如何在先发制人之下才能保护自己的生存本领。其实不然，周晓枫童年、少年时代始终与父母生活在一起，她不过在传统"真实散文"的基础上，做了某些技术上的"手术"。

也正因此，她文学上每一次"迁徙叙事"，都要放到自然界上,也离不开动物界的生死存亡。还拿《有如候鸟》举例,当"她""迁徙"到肯尼亚时,"她"看到了这样的场面、有了这样的思考——"角马甚至躲避较浅的安全地带,蓄意选择危险区域,似乎获得面对生死的勇气比获得侥幸的机会更为重要"。

周晓枫羡慕候鸟精神,羡慕候鸟把阔远天空作为自己的生存背景,这所有的羡慕背后,是忠于她自己的内心情愫,因此她才发自内心地歌道"即使星光照耀下的故乡已然死去,候鸟已然坚定地飞往它们的墓地"。

最后还有一点需要说明,在相当长的时间里,用"我"的视角写作散文,似乎已经成为"散文标配",成为绝大多数人的书写习惯。但《有如候鸟》抛弃了"我",改用第三人称,当然这距离作者所追求的"我希望把戏剧元素、小说情节、诗歌语言和哲学思考都带入散文之中"来讲,只是微不足道的改变。

但,毕竟在改变之中。

5

周晓枫是一位不断挑战自我的写作者,正如她在新近出版的散文集《有如候鸟》后记中所说的那样，写作者和他的题材之间，应该保持一种互为危险的生死关系。这样"生死关系"的写作理念、写作精神非常值得我们尊重。她在令人敬佩地拓宽散文边界的同时，也真像候鸟一样执着地飞翔，尽一切可能开拓散文新的疆域。

周晓枫，她为什么喜欢候鸟那样的飞翔？还是让她自己的文字，作为解释的理由——

候鸟中的许多，死于跋涉或飞翔的中途，死于沙漠、森林、滩涂、积水或极地，死于天敌的追杀和自身体力的衰竭，死于变幻的云层和气流，死于不屈的心……

"死于不屈的心"，多么令人激昂而感动。

透过伤感、悲壮、雄浑的文字，去问询周晓枫的内心世界，这是一件饶有趣味的事。不过，更加让人感兴趣的是，到底怎样的面貌才是她的真实面貌？

那天跟她联系稿子的事，她告诉我正在"百花文学奖"颁奖现场，事后看照片，发现"颁奖嘉宾周晓枫"与"吃蟹达人周晓枫"完全不同，站在舞台上的她，端庄、大气、娴静、舒雅。

哪个才是真实的她？想要得到真实的答案，还得去阅读她的文字。因为只有在文字缝隙中,才能看见真实的她,才能分辨出来哪是"飞刀",哪是"绸缎"。

（写于 2017 年 10 月）

在蒲松龄身边,如何写作,说说

宗利华

在蒲松龄身边如何写作,说说宗利华

1

在蒲松龄故居,认识了宗利华。

很多年前看过宗利华小说,一直没有见过,第一次见面是在蒲松龄故居,让相识有了特别奢侈的厚重背景。

淄博的六月有些热,但在树影下能感到习习凉风,却又不知凉风来自何处,就像少年时代阅读蒲松龄的小说,那么多的妩媚妖狐来自哪里?不会都来自旧庙老宅吧,也可能来自喧嚣的世俗人间。于是,那个普通的北方院落,那个真实的下午,便有了几分玄妙的感觉。

站在故居院子的一棵树下,我看着宗利华。

这个1971年出生的淄博人,少语,谦逊,肤黑,粗壮。

他有两个身份，一个是淄博市作协主席，另一个是淄博市公安局警察。但这双重的身份，在陌生人看来，似乎都有些远离他。他很少主动与别人打招呼，喜欢站在边上远远地眺望。但你见到他，心里就会踏实，就会对他有好感。其实，人与人之间的好感，并不是相处出来的，而是与生俱来的。无论性别差异还是年龄大小，第一眼便注定了你能否与他成为朋友。

在蒲松龄故居，不可能不想到与小说相关的事。

一个写小说的人，一个在淄博写小说的人，永远绕不过去一棵参天大树——真正的短篇小说之王蒲松龄。这样的冠名，无论是在汉语世界，还是在其他知晓汉语文学的国度，应该不会产生任何异议。至今还没有哪个凶悍之人、傲慢之人胆敢摇晃蒲松龄的短篇王位。

地域文化像地下的土壤，像地下的河流，也像天空上的云，更像无所不在的空气。在蒲松龄身边写作，对近在咫尺的淄博作家来说，是好事也是难事，因为如何在伟岸身影下进行自我思考、吸收营养、为我所用，这是一件特别需要引起自我重视的事。

在淄博，与宗利华的几天相处，发现他很少谈概念、谈理论，很少谈自己的思考，除了在某些场合看见他在宣纸上写出漂亮的毛笔字之外，似乎看不到他任何关于文学、关于创作的激昂展现。他把自己的想法埋得很深，仿佛蒲松龄笔下那些来无影去无踪的狐仙。

没有任何捷径，只能回到阅读之中，回到小说文本之中，在字里行间去琢磨宗利华作品的内在精神还有他的创作理念。

2

在我已经阅读到的宗利华大量中短篇小说中，大致分为两个系列。一个是"香树街系列小说"，一个是"星座系列小说"。在这两大系列小说中，有许多辨识度很高的作品，曾经被各大文学选刊转载。至今，他出版过长篇小说两部，小说集十五部。他的作品获得过不少的文学奖项，还有的文字已经漂洋过海，变成英、法、德以及西班牙语。

在仔细梳理之后我发现，还是喜欢他的"星座系列小说"。一是，用星座来做帷幕的小说而且还是系列小说，恕我孤陋寡闻，好像至今还没有第二人。二是，这个星座系列小说，特别不容易让你"下嘴"。好的小说，评析者似乎很难概括，像是面对一个漂亮的刺猬。所以要想深入解析宗利华的星座系列小说，一定要清楚地分好几个层次，通过层层递进的办法去耐心解读。

我想了想，这个解读顺序应该是这样的：透过"精妙的阅读感觉"，去分析"人物内在关系"，最后抵达"隐喻中的生命意义"。

不妨把《天秤座》这部中篇小说，当作解析标本。看看这个闷声写作、从不张扬的淄博人，是在蒲松龄身边如何写作的，如何把大师的历史气息巧妙弥漫在自己的作品中。

《天秤座》是一部视野开阔的小说，写了许多我们熟悉而又陌生的领域。但是支撑这部小说叙事构架的，是一个男人孔先生和他的两个半挚友的故事。两个挚友都是男子，一个叫彭飞羽，心理学教授，业余时间开诊所、做心理辅导；另一个叫方乾坤，"定居南方一座城市的医学教授"，而且与孔先生，还是"医科大学同学，住过上下铺"；那半个挚友，是一个叫桑那的四十岁的单身女子，"像猫一样的女人，整天飘来飘去周游列国"。

在当下，什么事情都算不上新鲜，每天闻所未闻的海量新闻，已经把人们的神经变得异常麻木，读者对故事的挑剔，已经到了极为刻薄的地步，而且总是喜欢跟荒诞的现实生活进行对照。那么,小说家要做的,只能绕开故事本身,在人物关系上下功夫,把几个简单的人"纠缠"在一起,让"简单"变"复杂",经过"人学反应",演绎复杂丰沛的故事。只有故事好看了,才能再让"意义"慢慢溢出。

蒲松龄的小说,一个书生,一个女狐,多么简单的构架,却有着"很重"的意义,但是那个"意义"不藏在故事本身之中,而是藏在故事的外面,甚至有可能藏在老庙旧宅的青砖下面,偶尔翻开,随着蟋蟀的叫声突然"蹦出来",令人猝不及防,随着一声长叹而又久久回味。

3

宗利华的小说,表面看似简单,实则蕴含复杂。那就只好按照提前设定的解读路径,先来看看宗利华小说中"精妙的阅读感觉"。

阅读中产生的感觉,只要是精致绝妙的,那就一定是不露声色的,是令人回味的。它不是广泛的灿烂呈现,而是瞬间的,一闪而过。宗利华写月亮,简单的几个字,"月色饱满,肥而不腻";写小说的主角孔先生,最初以为"孔先生"是尊称,应该还有名字,作者也不提前解释,而是在叙述进程中，用"孔先生还有个弟弟，叫孔后生"的办法，让读者忽然明白过来。这种悄悄的阅读快乐，在小说中还有许多，在这里不再赘述。

第二个就是"人物内在关系"。

熟悉宗利华的朋友，可能觉得他是一个不谙情感的人，其实完全错误。这家伙不大的眼睛后面，有着极为敏锐的观察力。《天秤座》小说中的几个人物，看似之间关系设置简单、普通，其实不然。他在人物内在关系把握上，走的是一条颤巍巍的钢丝绳。请看孔先生与桑那的关系，宗利华是这样设置的——"那种感觉怪怪的，互相之间都有些吸力，彼此却有一种踏实感，可无话不谈的，甚至，能毫无遮拦聊到性，但其间还是有一条看不见、摸不着却能感觉到的线存在，绷得还挺紧。两个人潜意识里朦朦胧胧，却不约而同摆出一副心知肚明、不进不退的架势。"这种关系的设置，写起来真是需要小心翼翼地拿捏。

最后就是《天秤座》的意义，也就是"隐喻中的生命意义"。

我想起久远的一件事。因为我的一部小说要改编，与著名导演路学长有过长达一整天的深入长谈，可惜的是，后来他因病去世，作品改编之事也就搁浅。那次长谈的目的，是要找到双方合作的思想基点，"道不同，不相为谋"嘛。其中涉及小说与电影之间的共同点，我们都认为，作家与导演的终极目的，是要"塑造人物"，而塑造人物背后的精神支撑，也就是作家如何用文字与镜头阐释"生命意义"。虽然那次合作因为他的去世中断，但那次长谈却非常重要，给我留下深刻的记忆。我在阅读宗利华小说时，不知为什么，竟突然想到了多年前与路学长的那次长谈。

《天秤座》中的人物，是有"生命意义"的，但这种"生命意义"，不是显露的，是隐藏起来的。几个人物出场，精神上都是松懈的，情感也都是黯淡的，好像打不起精神。比如方乾坤，总是认为"人活在世上有些可怜"；彭飞羽，则是一个惧怕心理疾病的心理医生；孔先生与桑那这一对曾经睡过一屋而没有任何事情发生的所谓情侣，同样有着对生活是特别乏味的认同。但是最后呢？经过一对患有心理疾病夫妻的故事讲述、经过小猴子的动物科学实验故事，以及生物学的阐述，这几个生命之光黯淡的人，在发出我们都是天秤座的感叹之后，用孔先生的话做了总结"这个世上的人，哪个不是天秤座？"对天秤座的解读也很简单，男性与女性拥有一个共同的特征，那就是"做事尽善尽美、追求美感"。

生命的意义，通过星座的隐秘暗示，完成了隐喻中的生命意义。

4

在蒲松龄身边如何写作，是一个根本不存在的命题，但仔细想想，中国作家又有多少没有潜移默化受过蒲松龄的"教诲"？哪个中国人没在课本里听过"促织"的鸣叫？没在口口相传中看过"聂小倩"的夜影？

居住在淄博的宗利华，大概有过数百次前往蒲松龄故居的经历。几乎所有来到淄博的人，都要去"看望"一下蒲松龄。在聊斋里、在柳泉旁，回味蒲松龄"人与鬼狐"的故事。

从某种意义上讲，"在蒲松龄身边如何写作"，不是宗利华一个人面对的，而是更多汉语写作者面对的。

但，还是羡慕宗利华。他离"聊斋"太近了。据说，要是按照射出的弓箭距离测算，一个优秀的弓箭手，用三支箭的距离相加起来，也就是宗利华前往"聊斋"的大致路程。

（写于 2019 年 7 月）

李航散文：既辽阔深远，又精致细腻

李舫散文：既辽阔深远，又精致细腻

1

开始对李舫散文发生浓厚兴趣，源于偶然看到她在《国家人文历史》开设专栏"观天下·爱丁堡纪行"中的一篇文章。那篇文章的第一句话是这样的，"19世纪初的英国文学就是两个小儿麻痹症患者支撑起来的，这话并不过分。这两个小儿麻痹症患者，一个是拜伦，一个是司各特。"

仅看这篇文章的标题，一定以为这是一篇游记式的散文，仔细阅读之后，却发现在这篇三千字的小文里，不仅信息量庞大而且视野开阔。作者在行走异国风景中介绍历史和文化，阐述自己独特的人文观点，巧妙地引领读者一起走进历史文化丛林之中。阅读之后，总有一种意犹未尽之感。她把理性文字、浪漫情感、历史思考等很难糅合一起的元素，却是非常自然轻松地合并，有一种非常愉悦之感。

也就是这篇可能并不被他人关注的小文章，却导引我开始寻找李舫的文章，开始有了阅读、分析、研究的欲望。而通过她的散文集《纸上乾坤》，可以充分领略李舫散文的独特魅力。

2

《纸上乾坤》里的 30 篇文章，都有着明显的叙事散文特征，也就是"叙事与抒情"；但在具备"叙事与抒情"特点之外，还有小说、评论的叙述姿态，她在将多种文体特点自然融合中，展现了深刻的精神思考。可以这样讲，她像一个勇士，挥舞着一把带有哲学气息的利剑，不断向叙事散文的宽度和深度掘进。

要想让一篇文章尽可能地拥有无限的宽度，一定需要清晰的结构意识，一定要走出狭隘的本体束缚，要充分调动、利用其他文体特点，然后加以有效的整合。在这方面，许多作家都曾经尝试过，比如在巴别尔的小说里面，能看到许多散文笔法的痕迹。比如帕乌斯托夫斯基在讲述创作理论的时候,是在用貌似小说手法铺叙推进。

李舫的散文具有漫长的海岸线。例如在《春秋时代的春与秋》一文中,她选择了古代希腊、古代中国、古代印度和古代以色列地区来认识孔子和老子,她要用无死角的海浪来拍打自己的叙事堤岸,从而溅起宽阔高耸的浪花,形成一种辽阔的叙事气势。她要在这文明的起源地,用理智和道德的方式,一起来面对孔子和老子。

同样在《追寻夜郎》中,李舫的"宽度意识"更加明朗,起笔就把横断面拉开了,文中第一句话是这样的,"一踏进夜郎的土地,心就嘭然有声。两千年前的兵戈铿锵铁马嘶鸣犹在耳畔回荡"。

多年的散文写作经验,让李舫的表述非常清晰,这样瞬间拉开的宽度,有可能造成叙述僵硬,所以一般情况下,她一定还要选用一些感性的词句,不动声色地进行装饰,使其姿态更加具有浪花的美感,所以在这篇文章中,又有这样悠长惆怅的描写,"那些曾被反复摩挲散发着金属光辉的铜币古饰,那些深埋在农田之下沉睡了多年的墓葬群……早已经适应了它们的民间立场"。

文章在拥有宽度的同时,还要有相互配合的深度(也可以称作厚度),否则将会丧失结构上的平衡,少了立体之美。所以李舫历史题材的书写,特点鲜明地呈现了这样的深度(厚度),比如《千古斯文道场》,还比如《春秋时代的春与秋》等诸多篇章。

在思考李舫散文写作结构的时候,我曾想到过斯宾诺莎。

有人曾经问询斯宾诺莎,你的《伦理学》如何写就?斯宾诺莎讲,我是用"几何学的方法"写的。其实不仅斯宾诺莎,比他年代早些的笛卡尔,也是极为推崇几何学写作方法。他们共同的观点是"只有像几何学一样,凭理性的能力从最初几个由直观获得的定义和公理推论出来的知识,才是最可靠的知识",其实说得再直接一些或再透彻一些,斯宾诺莎、笛卡尔就是奉行坚定而彻底的"理性主义精神"写作。

李舫的散文写作,带有一定的"理性主义精神",她的宽度与深度的强劲结合,又是否会给阅读带来坚硬之感?显然,她意识到了这一点,所以她的散文在坚硬、严肃、沉重的叙述姿态下,始终有着浪漫的柔情。

《漂泊中的永恒》就极有代表性,请看这样的描写——"三峡是风与水的杰作,是美与真的童话,曾经有山与山绵延不绝的心手相拥,而今却任由风的蹂躏、水的侵蚀,铺陈出这傲岸的嶙峋、巨大的坚硬。"

而《黑夜走廊》呢，不仅具有浪漫的风度，还要更加"形而上"，请看这样关于"夜"的感悟的文字，"夜，是暂停，是遣情，是格物，是放纵，是悬置……"耐心看下去，浪漫的飞扬还在继续，"夜，得到了无限的自由、无限的张扬、无限的延伸。夜，统一了一切，又阻隔了一切，简约而铺排，逼仄而辽阔，斑斓的色彩在这里销声匿迹，飞腾的喧嚣在这里复归沉默。"还要更加强化、继续，"黑夜，是一道长长的走廊，寂静、安详而又隐微曲折……"

只是"夜"这样一个静谧的场景，便有如此之多飞翔的阐述。而《死生契阔，与子成说》，则是更加走向梦幻般的浪漫，直接把"我"想象成了"呼伦贝尔"，进行了一场肆无忌惮的浪漫飞行。

3

李舫散文另一个明显特点，是具有"考古意识"，在她的文章里，你会经常看到大量的引经据典。我曾经特别计算了一下，在《千古斯文道场》一文中，她从《史记》《战国策》等历史古籍中引用的有 20 处之多。引用古文如此之多，面对当下的阅读人群，又该如何做到让读者没有枯燥之感，这是摆在作者面前的一道难题。但是李舫做得非常睿智精妙。

这篇文章的第一句话，李舫是这样写的，"两千多年前的春秋战国，是中国历史上的一段大分裂时期，然而，正是在这时代的动荡与纷争、思想的争鸣和交锋中，出现了中国历史上学术极为活跃的黄金时代。"

既然学术活跃，那就应该思想开放，就应该"敢言"，于是"稷下学宫"的故事开始呈现在文章中。作者把遥远的古事古人讲得非常有趣，同时还能让阅读者了解一些有趣的历史小知识，比如关于"赘婿"的由来。

显然，"有趣"不是李舫的终极目的，她要表达她的精神思考，所以在关于"稷下学宫"中的历史人物淳于髡，她有一段特别精彩的论述，"到底是谁给了这个丑八怪无上的权力？是政治的角逐，是国家的利益，是自由的氛围，是君王的需要，一言以蔽之，是稷下学宫。"淳于髡的政治智慧和文化判断，来源于稷下学宫的自由包容、畅所欲言。

李舫散文的"考古意识"，始终是在延伸之中，尽可能地深入，一定要贯彻到底。她一定要由"稷下学宫"引申出去，最后达到她所想要表达的思想远方。所以《千古斯文道场》

的结尾阶段,她是这样写的,"在东方和西方两大文明中心,稷下学宫与雅典学院遥相辉映"。并且进一步阐述,"沿着西方文明的脉络,我们有了毕达哥拉斯的数学传统、几何图形的智慧训练,有了苏格拉底、柏拉图、亚里士多德的哲学体系;沿着东方文明的脉络,我们有了'以有刑至无刑'的法制观念,'无为而不为'的道学理想,金木水火土的阴阳学说……"

既具"考古意识",又有浪漫情怀,同时还有小说叙事姿态,比如她的《大道兮低回》一文是这样开篇的,"缤纷的焰火,在除夕漆黑的夜空砰然炸裂,如流星雨一般飘然散落,带着明亮的尾巴,划出绝美的线条,辽阔而寂静"。

尤其是讲述"澶渊之盟"的签订,她运用小说手法,对历史进行复原。表现在宋真宗、寇准的对话,非常具有现场感,但又绝不失真。

应该承认,李舫文艺学博士专业以及她在电影、绘画、翻译等其他艺术领域的修养和历练,让她的散文书写轻盈灵动而又大气磅礴。

4

李舫的叙事散文,无论是关注当下的,还是回味历史的,她都严厉要求自己的叙事一定要始终保持"辽阔深远"的意蕴。

她的名篇《春秋时代的春与秋》，也收录在这本散文集中。这篇文章写了孔子与老子——"一个温良敦厚，其文光明朗照、和煦如春；一个智慧狡黠，其文潇洒峻峭，秋般飘逸"——的思想与精神的碰撞，也写了作者自己对中国古代历史集大成者的深入思考。

这篇佳作显现了作者深厚的历史功底，把两位圣贤无法考证的会面写得栩栩如生，在阅读过程中总是犹如坐在圣人身边，那样亲近地毫无距离地去聆听、领悟。有纵向的一千六百年后朱熹的真诚表述，也有横向的外国先贤苏格拉底、柏拉图、释迦牟尼等思想智慧的表达。

她的另一篇气势阔大的佳作《苟利国家生死以》，虽然书写腾冲会战，但没有拘泥于腾冲会战本身，而是在腾冲这个圆点上，在落下第一笔的时候，就在纵向与横向的拓展上，展现出了大气磅礴的气势。她用经纬线引出腾冲，随后一笔"甩"到数十万年前的腾冲地貌形成，又一笔回收，"听见"两千多年前屈原的慷慨叹息，随后又极为自然地进入叙事圆点——腾冲。在大开大阖的叙事波涛中，作者不仅关注像张问德、戴安澜这样的个体英雄,也关注那些没有留下姓名的群体英雄,用真挚感人的情感,把"辽阔历史"与"深远意义"焊接在一起。

我们曾经感叹,因为前辈作家的辛勤耕耘,留给后代散文作家的创新空间越发逼仄了,但不可否认的是,无论是叙述姿态还是叙事架构与内涵,因为前辈作家曾经不同文体的渗透糅合与艺术实践,恰又给当下散文作家的创新写作带来阔大伟岸的背景。可是在深刻领悟的同时,要想在这种雄浑背景下呈现自己独特面貌和清晰的辨识度,则又确是一件异常艰难之事,这不仅需要散文作家独辟蹊径的思考,更需要作家内心始终保持勇敢而又清新的艺术探索。

李舫就是一位永远在探索的书写者,比如她在表现"辽阔深远"的叙事之外,也还有着"精致细腻"的叙述。

还是以《苟利国家生死以》为例,其中一个极其微小的细节非常令人感动。在阅读这篇文章开始时,我一直在猜想作者在那么浩大的开场之后又该如何收尾呢?真的没有想到,作者是这样结束的,她写到在腾冲战役结束一个月后,一个叫布维尔·里维斯的盟军中校来到废墟的腾冲古城,看见破败古城中却已经有葡萄藤和其他攀缘植物开始生长,尤其是看到一具头颅粉碎的日军士兵尸体——"三株粉红色的牵牛花,已经在这个腐烂发臭的胸口上发芽开花"。读到这里,我真的完全屏住了呼吸。结尾写得真是绝妙,竟然把一场惨烈的战争,收回得如此之轻、之静,但仔细回味却又是很重、很重,甚至能够听见牵牛花轰然炸裂的巨响。无须赘言,任何人读到这里,都能体味到强烈的精神撞击。这是一篇"轻与重"拿捏得恰到好处的佳作。

5

我也读过李舫其他著作,譬如书写艺术史的《魔鬼的契约》,书写电影史的《在响雷中炸响》等,她的叙事构架、叙述姿态是偏于理性的,也可能正是她给自己的"以笔为刀、为剑、为玫瑰、为火炬"的清晰定位,她的散文叙事构架同样也是极为理性的,在没有找到更加准确的形容之前,我用了"十字形架构"这样一个不太规范的叙事结构来形容她的散文叙事结构。

特别是她的《能不忆江南》,十字形的叙事架构特别明显。这篇书写杭州历史的大散文,十字形交叉的原点是杭州。向上,写的是公元1492年秋风中的大明历史,向下直到杭州历史的诸多节点；在横向上，既有1492年的哥伦布远航，又有十三世纪法兰西历史人物，以及稍后的意大利和法国等知名历史人物因对中国杭州的向往而万里迢迢地到达。但所有的中心，只有一个，那就是作者讲述历史的杭州。

李舫的散文写作看上去有些散漫、随意，历史钩沉、中外人物、古籍典藏等等，几乎在同一时间、同一节点上纷至沓来，思维缓慢的人真的有些应接不暇，但只要仔细阅读、慢慢品味，能够发现每篇文章在传递着大量历史信息的同时，始终有着一条异常清楚的脉络贯穿，始终在作者的掌控之下，永远会聚焦在最初思想表达的原点上。

作为书名的《纸上乾坤》一文，可以验证李舫细腻写作的特点，尽管总体上她的文章豪迈挥洒，但更多是在精耕细作。比如"由衢州一路迤逦向西，重峦叠嶂间，雾霭纷纭处，仿佛我们勤劳的先民在满山的榧树、榉树、长序榆、连香树、香樟、闽楠、金钱松、鹅掌楸等各种珍奇的树种间挥动斧头，将树丫、树皮一一采下……"写得如此详细，令人怀疑，这还是李舫吗？还是这篇文章，对于制作纸张的过程，同样写得很细致，"制作开化纸的程序一般为：采料、炊皮、沤皮、揉皮、打浆、洗浆、配剂、舀纸、晒干、收藏……"

李舫散文：既辽阔深远，又精致细腻

当然无论怎样，李舫永远要在一个时间节点上，努力地"甩开去"，她绝不会把思考的点，只是围绕在原点之上，一定要将这个点完全扩展，"就在蔡侯纸风靡整个东京（今洛阳）的时候，在遥远的爱琴海边，勤勉的古希腊人托勒密正在绘制第一份世界地图"。

李舫的语言有着自己的独特，比如《叩敲的痕迹》里面，"不是没有时间，也不是没有心境，只是时间和心境总是难以迕合"。还有，"我无法轻举妄动，只有把儿时的梦留给层层累积的想象"。一句"我无法轻举妄动"，把所有的微妙感觉，表现了语言的"熟悉中的陌生"。

正是她充满魅力的语言，可以让她的艺术散文书写，区别于其他散文作家，特别具有自己的鲜明特点。比如她书写关于墨西哥女画家弗里达·卡罗的一生，还有俄罗斯画家康定斯基，还有著名的梵高等等艺术散文，都是非常值得去认真阅读的佳作。

阅读散文集《纸上乾坤》，可以感受李舫的优美文字，可以感受疏朗大气的叙事风格，可以清楚地看到她始终在写作之路上的追求，她时刻在努力着，让自己的每篇文章都要借助历史人物传递着一种刚直、洁净、峻拔的精神走向，正如本书宣传语所讲的那样："……他们苦度长夜的智慧和坚忍，是我们在这个喧嚣世界永不迷失的识路地图。"

说了这么多，还有一点忘了讲。

在这部《印象·阅读》作品集中，李舫是我唯一没有见过面的作家。本来有两次是有机会见面的。一次是要共同出访，快要出国时，她因为工作缘故，临时取消了，错失了异国大地面对面的交谈；另外一次，"鲁院"庆祝建校70周年，我到了会场，发现写有她名字的桌牌在我的前面，我与她微信联系，方知她因为有事，不能来到会场，又一次遗憾错过。

北京、天津距离很近，相识这么多年，打过无数次电话，却始终没有"面对面"，想一想也是一件有趣的事。但，毕竟在她作品中，与她早已相识。所以这也应该算作"以文会友"的佳例。

（写于2019年11月）

朱文颖的小说念变成版画

朱文颖的小说会变成版画

1

认识朱文颖,非常有趣。

那一年,在北京开中国作协会员大会,忘记是哪一届,但是关于朱文颖的记忆,确是非常深刻。在会议间隙的某天晚上,我在宾馆大厅和办公厅的某位负责同志说话,那会儿已经很晚了,大厅里偶尔走进晚归的代表。忽然,办公厅同志跟我说,你看,朱文颖。

顺着她手指的方向,在大厅很远的地方,朱文颖刚回来,正从大门口向里面走。那时候我已经读过她的作品,但与她不认识。所谓不认识,就是没有面对面互相介绍过,没有面对面说过话。那天虽然离得远,但她的爆炸式长发,极易辨认出来。办公厅同志跟我说，朱文颖，穿衣服好看。我记得当时她穿一件长大衣，深色的，围巾非常好看，因为距离远，看不清具体图案，但有一种飘然的意境。

后来，在宁波参加第二届"中国·中东欧文学论坛"，还是与朱文颖在大厅见了面。我们离着很远就相互打了招呼，几乎没有任何间隔与停顿，好像早已熟识。也就在那一刻，我认定她是一个直爽的人。

当时，我们一起走向会议大厅，边走边说，但是不断被迎面走来的人打断交谈。要是被同胞作家打断也还可以，关键是被外国作家打断，她几乎没有任何阻碍地与外国作家流畅交流。

我对她说，气死了，你外语怎么说得那么流利。朱文颖笑起来，笑得极为开心，安慰我说，也就是日常说话水平。但依我的观察，她的外语水平应该不止于日常通话。从国外作家表情上能够看出来，他们之间有着文学、美术等方面的深刻交谈。

也就是在那次文学活动中，与朱文颖真正相识，并且有了愉快的交流，对她的性格、对她创作以外，以及美术策展活动，也有了一些大致了解。

在那次"面对面"不久,我读到了她的一部中短篇小说精选集《生命伴侣》,由此也就慢慢推开了朱文颖的"创作之门",并且有了精读朱文颖小说的渴望。

2

关于朱文颖小说风格,文坛似乎已经有着固定的共识,其中"以沉静冷峻的笔调,描写了一个生机勃勃又哀婉凄凉的南方"被广泛引用,评论家、作家、读者为此已经达成某种默契。但是细读她的小说,在这些熟悉的特征之外,总还会有一些新的发现。

从宏观来看,朱文颖的小说可能会让人联想到加拿大作家爱丽丝·门罗的小说——绵细的叙述;也会想到美国作家舍伍德·安德森的小说——稀少的人物关系。总体上来看朱文颖的小说,貌似故事半径小,却隐藏无限的宽;叙述看上去随意轻松,实则暗藏锐利和锋芒。我觉得,还可以把某些单词放在她的作品旁边来参照阅读。比如,悬念、风趣、韵味以及残酷。

歌德有个短篇小说《科林斯的未婚妻》,来源于一个流传很广的古希腊传说。小伙子爱上一个姑娘,姑娘说你到我家去,我父母同意,我就嫁给你。小伙子来到科林斯。姑娘母亲告诉小伙子,她的女儿已经死了好多年。小伙子不相信,当晚住在姑娘的闺房里。夜晚,姑娘来了,两个人睡下,第二天小伙子死了,脖子上有一道长长的血痕。这是一部令人难忘的小说,仅从一般阅读层面来讲,惊悚之中有着无以言状的悲伤。

阅读朱文颖的小说《金丝雀》,不知为什么,总会突然联想到《科林斯的未婚妻》。

朱文颖貌似平淡细致的描写,却让她小说充满巨大的悬念,这可能是许多关注她的评论家没有注意到的。比如有着案情意味的《金丝雀》,故事框架非常模糊,读者看不清故事的边界,始终被氤氲着潮湿忧伤的气氛所包围。有个情节反复出现——"她的手正抓着纤细的皮包带子"。这样的描写在故事逐渐推进中,还会配以其他的描述。比如:会有"瘦弱的肩膀线条",或是"低垂的脸"。

在《庭院之城》里,同样有着"朱文颖式悬念"。比如,"蒋向阳觉得,他母亲矮小纤弱的身体就如同河对面的那排古城墙"。从母亲身体形状突然转向河对面的城墙,让读者感觉非常突然,一定有什么特别事情,等着读者去揭开帷幕。此刻作者笔锋一转，迅疾转到对面城墙，"那城墙有好几千年了，砖块有些发黑，上面还爬满了青苔，然而无疑是固若金汤的。他不由得倒吸了一口冷气"。

"母亲"与"城墙"之间有着怎样的潜在联系？读到这里，是一定要继续读下去的，否则寝食难安。

"悬念"在朱文颖的小说中，始终有着多层次的叠加。不局限在故事层面，而是埋伏在景物描写之中。

当下小说似乎有一个常识：令人满意的小说必须以死亡做赌注。朱文颖不，云淡风轻地躲开众人眼中的"小说常识"，她不在情节上用力，而是让作品始终弥漫一种紧张、忐忑的情绪。

3

朱文颖的小说，还有着南方写作的特有风趣。这种风趣不会喧宾夺主，不会干扰叙述节奏，绝对不会画蛇添足。

在《悬崖》中我们看到这样的文字，"纯情的女孩子对月思人，吃饭的时候也想心思，多疑多半会瘦些"。还有，"两只眼睛距离分得很开，仿佛隔夜吵了架，正闹别扭似的。很有些市井的凶相"。

朱文颖的风趣叙述，经常会在很不起眼的地方突然绽放。"床边的矮柜上摆了一大束花，刺眼的鲜黄色，如同倾泻而下的蛋黄瀑布。姚一峰一下子叫不出这花的名字，只觉得半人高的枝条嚣张而凶狠，很像章鱼漫天飞舞的手臂。"

同样，她还会在所谓的闲笔之中，迅速勾勒风趣的生活画面。"是个雾天，但从蒋向阳鼻子、嘴巴里吐出来的热气，在小树林上空飞过来，绕过去，就像神话故事里修炼成精的小白蛇似的"（《庭院之城》）。

在《金丝雀》中，这样的风趣也是俯拾即是，"有一颗较大的雨珠把一片草叶压弯了，但经过短暂的摆动，草叶又很快挺直起来。那女人的脸，就像那种已经挺直起来的草叶。"

4

朱文颖的小说，还有着绝妙的韵味。

比如《庭院之城》，陆小丹去蒋向阳老师家，但是蒋向阳妻子不欢迎这个男人的到来，又没有直说出来。怎么描述不欢迎的状态？作者用了一个精致的细节体现。

"女人（蒋向阳妻子）侧了侧身，让他进来。"妙就妙在这四个字"侧了侧身"。

汪曾祺先生有个短篇小说《徙》，同样有段与"门"有关的描写，"拍拍白木的门板，过了一会儿，门开了……他踏着沉重的步子走进去，走进里面一个小门……木门板又关了，把门上的一副春联关在门外"。

都是与"门"有关的描写。

朱文颖通过"侧了侧身"，用女主人的肢体语言，表示对来客的不欢迎；汪曾祺先生通过"门开了、门关了"来暗示这座宅第的神秘、幽深，谁开的门，谁关的门，多一句都不说，悠长韵味悄然弥散。

在《哑》中，朱文颖关于"自闭症"的描述，更是令人赞叹。

"这么说吧，就好比我们大家都在一扇门的外面，草地呵，菜场呵，医院呵。这些东西都在外面。我们要踢球，就去草地那儿，要吃西红柿、青椒白菜呢，就去菜场，万一碰上头痛脑热的，医院也在不远的地方。但这孩子不是这样，不是这样……他被关在了门里。他一个人待在那儿，再也不走出来了。"

这样的韵味，在《哑》中还有，"他那样坐着的时候，可真是个好看的孩子。夏日玫瑰的香气，清晨的第一滴露珠，还有微风里的一声口哨,说的就是他这样的孩子"。

朱文颖小说中的韵味,不是偶然出现,而是自始至终。开头有,中间有,结尾也是。

《繁华》的结尾是这样的,"老和尚非常卖力、非常卖力地敲响了手里的一面铜鼓"。《万历年间的无梁殿》结尾是这样的,"一粒沙子掉眼睛里了,真是一粒沙子"。

小说要想让人回味,一定要有绝妙的韵味描写。

5

朱文颖的小说,读起来细腻、清爽、柔软,实际上字里行间渗透着一种残酷。这种残酷始终与秘密相连。

在《庭院之城》里,我们看到了这样的生活。"后来他们还聊了些新房和婚礼的事。临到终了,快要起身告别的时候,蒋向阳未来的妻子,突然很轻快地问了句:但是——你真的爱我吗?"

新房、婚礼,意味着感情已经开始落脚,生活即将开始。就在应该欢天喜地的时候,未来的妻子突然问出这样一句,不是残酷还是什么?而且是用"轻快"的语调。

残酷有两种定义,一种是血腥,一种是温文尔雅。所以,朱文颖是这样定义的——"杀人是个秘密，养花则是对于这个秘密的补充，是另一个秘密。这两个秘密是相互矛盾的。那么，这样说来，是不是人的一些不可思议的怪异行为都是秘密与秘密的相互抵消呢？"

法国作家罗伯·格里耶说过一句话，"我常说，我的回忆会变成版画"。

朱文颖的小说，貌似书写当下，其实隐藏着厚重的带着苔藓的"历史背板"。所以我非常想要借用法国人的那句话，把阅读朱文颖小说的感觉，也可以说成"朱文颖的小说会变成版画"。

（写于 2020 年 8 月）

后记

后记

为什么要写"印象·阅读"这种形式的系列文章，之前有朋友问过我，因为这样那样的原因没有做过解释，如今借着结集出版的机会，说几句心里话。

说来有些话长。

先说第一件事。我从1988年到天津作家协会工作，在2002年之前，从事与社团组织和文学创作相关的行政工作；2002年之后才开始进入专业创作，成为天津文学院的专业作家。但从2014年下半年开始负责文学院工作，虽然可以不坐班，但工作繁杂起来，整天被事务性工作缠绕，有时候通过电话说工作，不如去单位省事方便。当时除了文学院工作，同时兼管创研室工作，这样不仅接触作家，还与评论家交流共事。之前我与作家联系多，与评论家接触少，即使见面也是点头之交。可是创研室工作，必须与评论家深入交流，要深入了解评论工作的特点。按照我固执甚至愚笨的性格，一件事要么不做，只要做了就尽量做好，不做"门外汉"，不说"外行话"。刚开始的时候我有些茫然，如何开展评论工作、如何与评论家打交道，一时找不到恰当的"切口"。于是笨人的我想到笨办法，我也写评论文章，只有这样才能熟悉评论工作特质，才能与评论家有"共同语言"。

再说第二件事。从1990年到2018年，市作协文学院与市文联《文学自由谈》在一幢大楼一个楼层办公。后来上班时间多起来，与时任《文学自由谈》主编任芙康老师经常见面，有时候我会到他办公室坐一会，与任老师谈天说地，惬意之中受益匪浅。后来有一天任老师对我说，你也可以给"自由谈"写东西。我没有写过评论，不知写什么。任老师说，"自由谈"不要那些正襟危坐的文字，不仅要有批评，要有自己独特观点，形式上最好也多样化。随后鼓励我说，你先好好看看刊物，我觉得你的文字非常适合"自由谈"。再后来每次见面，任老师都会跟我聊上几句写稿子的事，同时不断鼓励我，先想好一个大方向，可以搞一个系列。任老师这句话忽然启发了我，能不能按照阅读笔记方式去写？因为之前我在

《文艺报》上以散文体方式写过系列读书笔记，那种笔法倒是适合"自由谈"的"活泼"。当然，如何才能不出现"正襟危坐"的"刻板表情"，还要具备一定的理性深度，否则没有任何意义。我心里想，假如要写系列文章的话，必须圈定一个范围，不能胡子眉毛一把抓。

最后说第三件事。按照文学院和创研室工作特点，要有活动开展。那时候我与还在天津高校工作的青年评论家张莉、时任《小说月报》执行主编徐晨亮，经常凑在一起策划文学活动。当时有个想法，以二十世纪七十年代出生作家为主，在天津搞一场大型文学活动。想法有了，但我对"70后"作家不熟悉，再想到前面两件事，忽然有了主意，决定用"写"的办法去相识"70后"作家，这样感觉比较自然，也能锻炼写作评论的基本能力。

这三件事联系在一起也就有了以"70后"作家为主，以"印象"和"阅读"的双重结构来为"自由谈"书写系列文章。这样可以一举三得，既熟悉了"70后"作家，又锻炼了写评论的基本功，还能为业务工作打下基础。

后来我开始写作所谓的评论文章。每写好一篇，打印好了给任老师，请他帮助审读把关，于是在《文学自由谈》上，

后记

一篇又一篇"印象·阅读"系列文章发表。

后来任芙康老师退休,主编潘渊之、副主编董兆林主政"自由谈",在渊之兄、兆林兄支持下,这一系列文章延续下来,如今又由重庆出版社结集出版。从《印象·阅读》这本集子里的第一篇到最后一篇,已经间隔有八年的时间,想想颇为感慨。为了保持作品原貌,作品没做改动,这是为了尊重时间留下的创作痕迹。另外收在这部作品集里的文章,也有几篇没在"自由谈"发表,同时作家年龄也没有死板固定在七十年代作家范围,延伸到六十年代末期。

最后想说的是,那场关于"70后"作家的大型活动,由于多种原因没有举行,但遗憾之中也有收获,结识了这么多优秀的"70后"作家,从他们作品中我读到了他们的创作思考以及创作经验的形成过程。还有一点,我也因此系列文章慢慢喜欢上了评论工作。认识到所有的评论文章,要在深读和细读作品的基础上去感言。这本作品集里的文章,就是秉承这样的写作理念。

感谢生活,感谢时间,感谢朋友。

2022 年 7 月 15 日清晨于天津日华里